作刈湯葉 ILLUSTRATION 田中達之

FABLE

YUBA ISUKARI PRESENTS

橫濱車站擴張方式

①鐵軌地帶

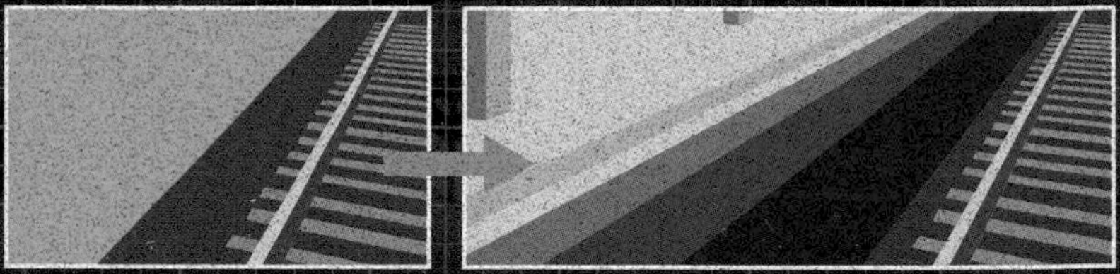

橫濱車站會沿著鐵軌形成月台狀結構體，並以包覆月台的形式形成周邊設備。
結構遺傳界在金屬中傳導速度很快，首先會以鐵路為中心產生車站化現象。

②平地

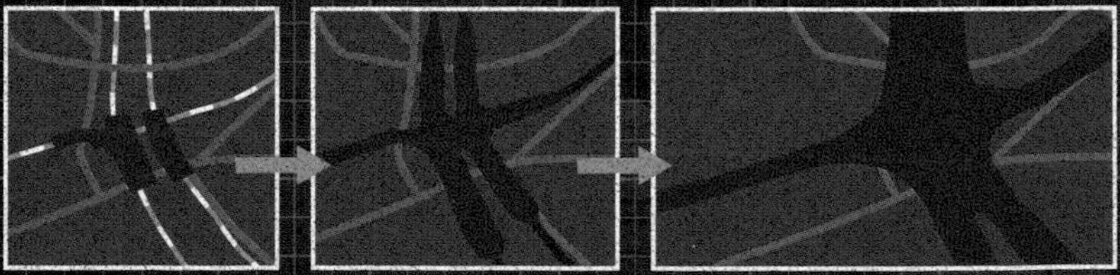

當鐵路周邊的車站化完成後，車站結構會逐漸擴張，將附近的土地全面車站化。
該地區原本存在的建築物便會被吸收入站內，並以此為基礎進行複製。

③山地

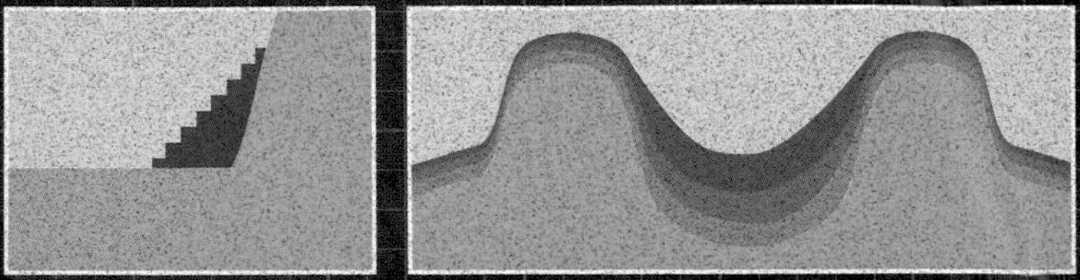

首先斜坡會形成電扶梯，電扶梯上方會形成天花板。視斜度會產生不同的型態，不斷重複。若是盆地，就會構成階層都市。甲府便是個有名例子。

④水域

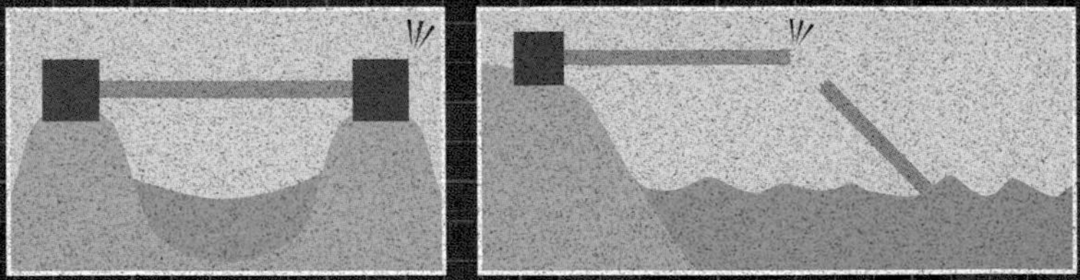

車站會在河川或較為狹窄的海峽上延展聯絡通道，跨越水面。
倘若面積過廣，在延展途中斷裂，落入海水中的話，結構遺傳界就會逸散。

橫濱車站SF 全國版

（ヨコハマエキエスエフゼンコクバン）

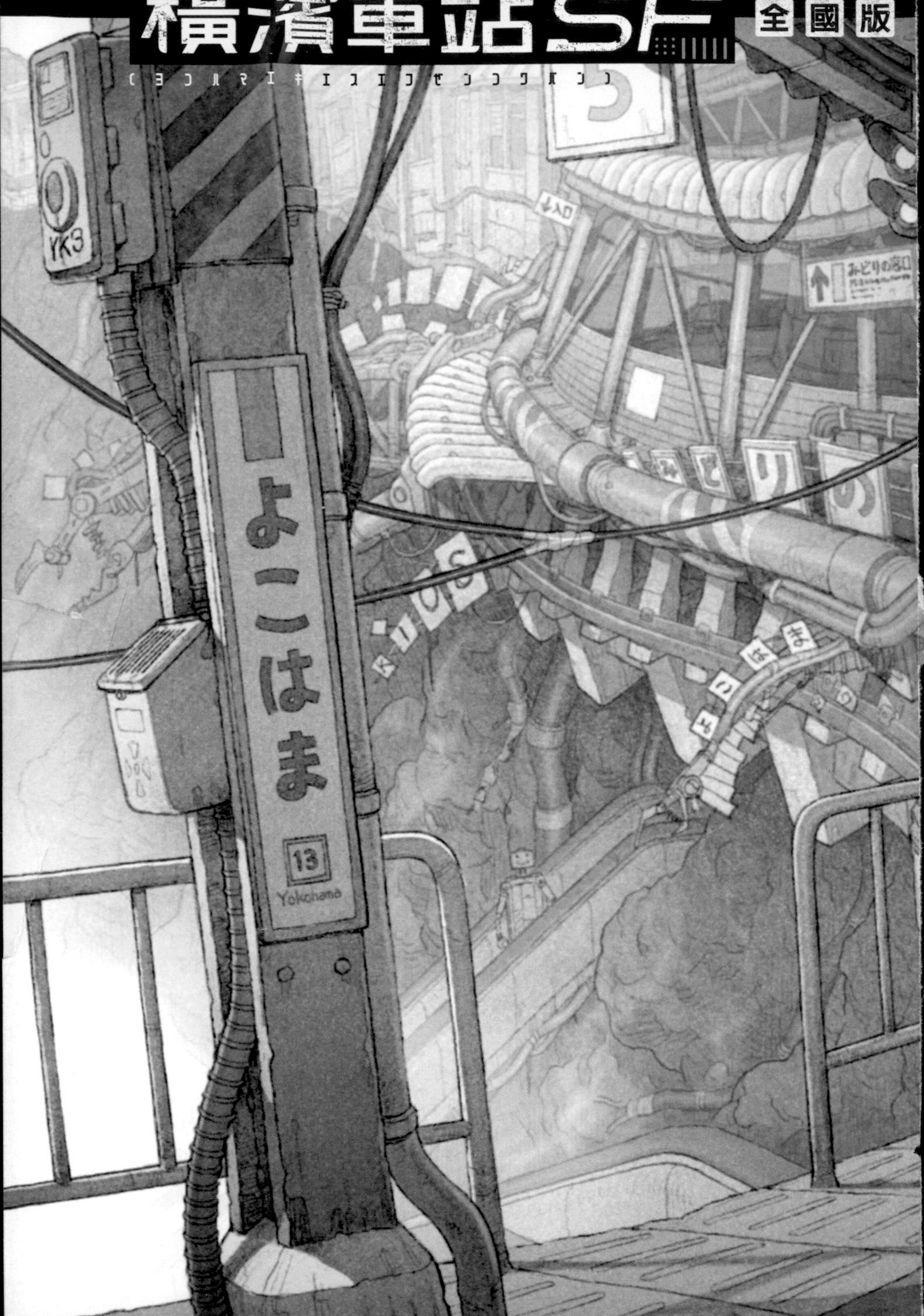

YOKOHAMA STATION

橫濱車站SF

（ヨコハマエキエスエフ　ゼンコクバン）

全國版

YOKOHAMA STATION
FABLE

作刈湯葉

ILLUSTRATION
田中達之

YUBA ISUKARI PRESENTS

輕文學
Light Literature

YOKOHAMA STATION FABLE

CONTENTS

YUBA ISUKARI PRESENTS

序章

〈站曆一九七年十二月，北海道．松前半島〉

在分不清太陽是否下山的厚重雲層底下，持續下著遮蔽視野的大雪。積雪厚實，覆蓋著看不見一株樹木的光禿大地。狹窄平地上並列幾座貨櫃屋，一座巨大燈具發出燦爛黃光，照映著貨櫃屋背後的山丘斜坡。

燈具裝設在設於斜坡表面的木製平台上，平台背後有個小小隧道出口。四周有彷彿巨大生物的肋骨般的鋼骨延伸而出。由遠處眺望，彷彿夜間的建築工地。唯一不同之處是正在進行的工程並非為了興築建物，而是為了阻止建物。

在隧道上方，釘有寫著「青函隧道」的金屬牌。這裡是ＪＲ北日本用來阻止橫濱車站登陸北海道的最前線防衛據點。

自從反覆增殖的橫濱車站完全覆蓋本州後，迄今已過五十年。車站結構無法跨越寬廣的津輕海峽，因此，封鎖青函隧道出口成了阻止登陸的最佳解。這層意義下，比起南方的防衛前線——九州．關門海峽的慘烈戰況，北方的抗戰可說輕鬆不少。

從隧道前端延伸出來的鋼鐵，經黃色燈光充分照射後進行切除，再堆上貨車運走。這些從橫濱車站增殖的金屬，經過充分的去橫濱車站化後，會被送進熔爐再利用。

「難得有取之不盡的金屬材料，不覺得平台仍用木頭搭建很寒酸嗎？工頭大哥。」

身穿厚重工作服的年輕員工嘮叨。現場監督用的金屬貨櫃屋雖能遮風蔽雪，但隔熱能力很差，只能靠老舊柴火暖爐來勉強抗拒不斷滲透而入的冬日寒氣。

「因為要防止感染。」

被叫做工頭的中年男子回答。他留著卓別林式的小鬍子，披著一件類似西元時期俄軍的防寒大衣。

「相較於金屬或水泥，有機物更不易受到橫濱車站結構感染。我們搭建這個平台是為了阻止車站結構擴張，如果反而被感染，這還像話嗎？」

「連同平台一起照射消除器不就行了？」

「照射這整座大得不像話的平台？太浪費電了吧。」

工頭說。鬍鬚微微顫動。

數座約與劇場聚光燈同尺寸的大型黃色燈光設在平台各處。供給電力的粗大電線由隧道內延伸而出。說來有趣，用來阻止橫濱車站侵蝕的電力，竟是從橫濱車站內取得。

放置在貨櫃屋桌上的示波器上顯示出幾條波形。

「工頭大哥，有幾架野生自動驗票機接近我們。距離約五十公尺，很快就會進入攝影機範圍。啊，見到了。」

年輕員工一說完，工頭面前的螢幕立刻出現自動驗票機身影。四肢連在平板狀身體的四個角落，就像餐桌的桌腳。彷彿事後追加的不自然頭部顯示幕上映出不動的笑容。

「停止照射消除器。」

工頭發出指示，架設在木製平台上的黃色燈光即刻關閉，厚重雲層下的工程現場變得更陰暗了。

「有三架……不，是四架。要破壞它們嗎？」

「別衝動，沒必要浪費寶貴的武器。反正自動驗票機不會走出站外。放著不管，待會就回去了。」

工頭說完的瞬間，顯示工作時間結束的鈴聲響起。年輕員工用力伸了個懶腰，然後打開貨櫃屋門，取出藏在雪堆中的啤酒。

「工頭大哥，你也辛苦了，要來瓶啤酒嗎？」

邊說邊將放置屋外的白色罐子拿進貨櫃屋裡。從工頭口中發出的，並非「要喝等回宿舍後再喝」這類立場上不得不說的告誡，反而是充滿原始欲望的內容。

「我現在想喝的是溫酒。」

「啤酒也不錯啦。只要酒精下肚，身子很快就會暖起來喔。這好歹也是函館居民的一番美意。」

說完，拿出一瓶給工頭。見工頭拉開拉環後，年輕員工也跟著拉開。

「當初聽到自己要被派往防衛部，還以為要和自動驗票機火拚呢，結果能看見它們的機會意外不多啊。都在處理會自動增殖的建築。」

「嗯，自動驗票機通常只會留在隧道深處。」

「它們不是車站的守門員嗎？」

「正確而言，是『站內』的守門員。橫濱車站有的地方必須持有Ｓｕｉｋａ才能進入，有的地方則可自由進出。自動驗票機守護的是這兩者的交界。而這個交界，目前位在隧道深處。」

「等等，車站內側和『站內』不同嗎？真複雜。」

「你很快就會習慣的。」

「沒有人類來這裡嗎？假如是擁有Ｓｕｉｋａ的本州人民，應該能自由出入吧？」

「你認為會有人沿著青函隧道走出來嗎？站內居民來這片荒涼大地幹嘛。」

「呃，可是我還滿喜歡這裡的。」

聽到年輕員工抗議，工頭冷笑一聲。

「……對了，有個很基本的問題想問大哥。」

年輕員工以此作為開場白，說：

「為何自動驗票機來時，要停止照射結構遺傳界消除器？消除器照到它們會產生什麼不良影響嗎？」

「對它們沒有直接影響，不過……你知道消除器的原理嗎？」

「是。局部地照射逆相位的波形，可使結構遺傳界消失。經照射的部位不再是橫濱車站，便會失去增殖能力。」

年輕員工滔滔不絕說明進公司後學習的知識。橫濱車站增殖的具體原理並沒有對北海道一般居民公開，ＪＲ新進員工第一年必須先學習相關知識。

「嗯。自動驗票機能辨識橫濱車站內部設施和以外地區，所以它們不會走出被照射的地方。但是，倘若對於它們所站之處進行照射，就會產生『自動驗票機來到非車站地帶』的情況。如此一來，會帶來麻煩。」

「麻煩？」

「我也只看過幾次。具體而言，那顆頭會掉落，接著兩手趴在地上，變成以四腳著地來移動。」

「喔，那會怎樣？」

「會開始攻擊人類。」

短暫的沉默。

「會用槍械攻擊。」

「咦？它們有槍啊？我以為只有綁縛侵入者用的繩索。」

「你看，那裡有個孔洞對吧？」

工頭指著貨櫃屋牆壁。金屬製牆壁上沾有土黃色樹脂。似乎是填補孔洞的痕跡。

「幸好它們機體雖大，卻沒擁有什麼不得了的武器，只要小心對應就沒問題。但可以的話，還是想盡可能避免人員受傷。」

「所以說，一旦自動驗票機處於程式沒有設定的狀態，就會採取異常行動嗎？」

「或許吧。」

年輕員工試著想像自動驗票機用四肢爬行的模樣。自動驗票機的手腳幾乎等長，如果變成四肢著地的話，機身應該會形成水平吧。恰恰好和桌子形狀一模一樣。想到此，愈來愈覺得它們的手腳原本就是被設計成以四肢來移動。人類數萬個世代以來都用兩腳步行，使得手變得比腳更短。

「對了，留邊小姐今天休假嗎？好像沒看到她。」

「她被調派到札幌總公司了。」

「這樣啊。難得取得真正的啤酒，她沒喝到真是太可惜了。不過總公司應該有很多部門，她被調到哪？」

「技術部第二課。聽說課員接連辭職，嚴重欠缺人手。」

「……呃，是那個『二課』啊。」

說完，年輕員工露出敬畏的表情。

「去協助派遣到站內的仿生人諜報員嘛？當初聽到時我也嚇了一跳，沒想到我們公司居然擁有那麼先進的技術。」

「不知道很正常，十年前那種技術連個影子也沒有。」

工頭喝了一口啤酒。

「十年前發生了那件醜聞後，總公司高階主管被大量撤換，之後就全部換了個樣。那個消除器也是。我們現在能抑制車站結構增長，全都是因為……」

工頭露出不安表情說。

把原本已登上北海道大地的橫濱車站結構的最前線推回青函隧道裡，這對ＪＲ北日本或北海道全體居民而言本該是值得開心的事。工頭的聲音卻很沉重，彷彿感覺到自己們被不明的力量掌控一般。

瀨戶內・京都篇

A Harsh Mistress

1

〈站曆一九八年六月　岡山・瀨戶大橋往東北不遠處〉

宣告梅雨季節到來的豪雨，日以繼夜地打在起伏激烈的水泥地上。雨雲蔽月，照亮地面的只有從站內洩漏而出的微弱光明。在完全覆蓋本州的橫濱站之中，尤其是接近西端的岡山地區，充滿著甫生成不久，尚未形成車站結構的水泥。

站內之中，若像是甲府或松本這類人潮洶湧的地區，結構體會自然產生通路，形成迂迴曲折的階層狀都市。然而，若是人煙稀少的地帶，在產生最低限度的通道後，只會有一層宛如冒泡肥皂水般的稀釋水泥薄薄地蓋住地面而已。

橫濱車站到處都有門通往頂樓，卻很少有居民會來此。尤其是在颱風或梅雨季節。雖然冬季戰爭時期受到嚴重汙染的雨雲於戰後兩百年間早已洗刷殆盡，站內居民對此一事實並不知情。對他們而言，雨是令人畏懼的事物。

因此，若在傾盆大雨中見到人影在頂樓活動的話，那不可能是人類。但也不是自動驗票機。奔馳在頂樓的是集合ＪＲ北日本工業技術結晶製成的 Corpocker-3 型仿生人。外型看似年幼的少女。

『海昆黛麗琪，聽到了嗎？』

來自Ｓｕｉｋａ ＮＥＴ的音訊傳入她的主記憶體。是ＪＲ北日本的技官歸山的聲音。

『這附近似乎沒有能屏蔽網路的地方。如果能找到有天然地面裸露的山丘就好了。沒辦法，直接到海上吧。』

「了解。」

海昆黛麗琪傳送回應，從輔助記憶體中呼叫出地圖。從這裡到瀨戶內海的直線距離為二十五公里。確認剩餘電量很充分後，朝著南方奔跑。即使頂樓的高低起伏達數公尺，對她的特規軀體而言如履平地。

一小時後，海昆黛麗琪抵達海岸。車站與海岸線之間有幾十公尺的自然地面裸露，海岸邊長了稀稀疏疏的松樹。多半是古代人類作為防沙林而種植的樹木後代吧。

「這裡是海昆黛麗琪，我抵達海岸了。」

『很好。直接渡海，前往四國吧。原本預定經由瀨戶大橋前去，似乎不夠時間了。由自動驗票機的行動看來，妳身上的免疫記憶累積程度太高，最好立刻離開站內。』

從歸山的語氣中能感到不安與放棄兩種相反的情感存在。他自己肯定是徹底反對不從橋上渡海，但上頭的判斷正好相反，情非得已才下達這個命令吧。

「我明白了。這樣的話，暫時無法連接網路。」

『……嗯。現在香川附近已形成車站結構，但關於網路狀態，目前尚未有正確資訊。希望妳到對岸後能儘速找到聯絡方法。祝妳平安。』

「我會盡量妥善處理。」

海昆黛麗琪結束通訊後，砍斷四周的松樹，攤開從站內取得的防水聚合物，建造出附有篷蓋的簡易木筏。她聽說他們的軀體具有一定程度的防水功能，但還是想盡量避免沾到海水。

確認剩餘電量。當前電量仍很充分，但誰也不知道下次何時才能充電，因此最好靠洋流之力前進，避免不必要的體力消費。就這樣，她開始在海上航行。

在黯淡無月光的瀨戶內海上前進了一會兒，終於來到接收不到ＳｕｉｋａＮＥＴ電波處。如此一來，便能阻止免疫記憶繼續形成。雖然總算能喘口氣，相對地，她也無法確認自己目前所在位置。

橫濱車站自動驗票機具有排除車站構成物以外的任何主動物體的性質，但也有例外。除了導入Ｓｕｉｋａ的人類以外，六歲以下的小孩亦是其一。ＪＲ北日本的仿生諜報員之所以採取兒童模樣，就是為了蒙騙這種免疫系統所發展出來的技術之一。

但是，假如仿生人們過度長期在站內行動，就會被車站的免疫系統記住，列為自動驗票機的排除對象。海昆黛麗琪來到能登半島後，長期處於SuikaNET的範圍內，使得免疫記憶形成了。所以必須移動到網路無法捕捉的遠處來清除免疫記憶。

木筏前方可見模糊光點。看似橫濱車站的一部分，也像是瀨戶內海小島居民的燈火。偵測不到車站結構基本上會有的網路訊號，但以人類的建築物而言似乎又過於巨大。

結果而言，兩者都不是。

位於島上的是遠遠望去即可發現明顯異常的結構體。看似建築，柱子或牆壁卻東倒西歪，各自朝著奇妙方向扭曲，窗戶玻璃也隨之扭曲成菱形，從窗內透出微明燈火。給人一種在生長途中失去幹勁的橫濱車站，或是地面加熱導致融化的糖果屋的印象。

「是站胞分離體……」海昆黛麗琪喃喃地說：「第一次看到啊。」

那是橫濱車站的結構體因某些理由散落在離島，於該處獨自發展而成的結構體。結構遺傳界並不完整，因此無法形成正常的建築，增殖能力和橫濱車站本體相比也弱了許多。

散落的原因很多，比如說有被結構遺傳界感染的船舶往返島上，或有建材漂流至此，是距離本州不遠也不近的離島上偶爾可見的現象。ＪＲ北日本掌握到有幾處離島具有這種現象。

和橫濱車站並無直接連結，不用擔心會累積ＳｕｉｋａＮＥＴ的免疫記憶，而且也有電力，非常適合當作避風港。海昆黛麗琪決定登上這座島嶼。

接近一看，發現站胞分離體佔據了這座東西長約二公里的小島的西半部。東邊有自然地面，顛簸起伏，樹林茂密。海昆黛麗琪從小島東邊登陸，將木筏繫好，以防漂走。

登上高度適當的小山丘確認島上地物。雖然視野不算開闊，大致能確認除了從分離體洩漏出的燈光外，沒有其他光源。慎重起見，海昆黛麗琪提高聽覺與視覺的靈敏度。

她開始繞行這座奇妙的建築，收集觀測資料。分離體是理解橫濱車站性質極為重要的資訊來源。過去ＪＲ北日本曾經計畫讓北海道附近離島生成分離體好進行研究，最後因風險過高，遭到強烈反對而作罷。

「質量爐反應……未檢出。是因為分離體的結構遺傳界缺乏質量爐的訊息，還是分離體的尺寸過小，無法形成質量爐，目前尚不明朗。能源看似由頂樓生成的光子吸收盤供應。從結構遺傳界的變異度看來，這個分離體應該在一百多年前生成。比起車站本體，能源供給密度非常低，故成長速度緩慢，歷經百年仍無法覆蓋全島……」

海昆黛麗琪在觀測資料中加入上述評論後，存入輔助記憶體。若不如此，日後一口氣傳回資料時，札幌本部會因搞不清楚資料性質而混亂。

慢性資源不足的ＪＲ北日本勉強從艱困財政中擠出預算打造的唯一一副特規軀體，為何會交給她使用，海昆黛麗琪至今仍不明白。她一直認為有資格使用這副軀體的是薩瑪雲克魯。

在他們彼此仍用線路連接，能輕易交流思考的時候，薩瑪雲克魯的優秀程度就已極為突出。他能從少量資訊正確地判斷情況，即使複習相同資料，他吸收的速度也特別高。沒被告知他們真實身份是什麼，卻能靠邏輯推論出來，屢屢令技官們大感驚奇。

因此，他才是最適合運用這副特規軀體，遠征橫濱車站盡頭執行調查任務的人。十六名仿生人之中，除了他自己以外，其餘十五人恐怕無不這麼認為吧。

但是，獲選搭載於特規軀體的主記憶體卻是海昆黛麗琪。自認不特別優秀也不特別拙劣的她，不明白自己為何雀屏中選。她曾問過責任技官歸山這個問題，但他只回答這是雪繪小姐的指示。「總之相信她的判斷，也信任我的眼光吧。」他說。

出發前一週，海昆黛麗琪仍無法習慣性能過高的軀體，以生澀腳步繞著設施練習時，碰見一名常規軀體的少年。

「嗨，妳是黛麗琪吧？我是薩瑪雲克魯。」

他微笑了。笑容自然，彷彿真正人類。海昆黛麗琪很不擅長微笑表情。她多次在鏡子前練習牽動嘴角的角度，怎樣都會變成彷彿扭曲臉部照片形成的不自然形狀。即使是在執行橫濱車站任務兩年後的現在，她幾乎沒用過這個表情，也感覺不到必要性。

「我的負責區域是東北地方，亞伊埃尤卡魯和我搭檔。兩個月後就要出發了。」

薩瑪雲克魯說。那是離總公司最近，重要性與危險性也較低的地區。海昆黛麗琪以為最適合被指派到這裡的是涅普夏邁。

「這樣啊。我是四國。」

海昆黛麗琪回答。她還沒習慣動口說話這件事。

「我知道。妳是下週就要出發了吧？」

他回答。海昆黛麗琪以為他是來抱怨自己搶走特規軀體和重要任務。但薩瑪雲克魯完全沒顯露這類情緒，只問：

「吶，妳認為我們十六個當中，沒被賦予軀體的那四個會怎樣？留在基地，直到命令下來嗎？」

但海昆黛麗琪很清楚，那種命令永遠不會到來。接受相同教育的ＡＩ當中，有人如薩瑪雲克魯這般特別優秀，也有人特別差勁。比起運用大量稀土資源製成的軀體，主記憶體的生產所花費的資源不算多。下一批次也開始生產了。剩下的那四人，恐怕再也不會有機會派上用場吧。見海昆黛麗琪默不作聲，薩瑪雲克魯聳肩說：

「妳我好不容易獲得軀體，又要道別了呢。任務會讓妳緊張嗎？」

「會。我怕因為我的過失而浪費寶貴的軀體，也怕自己未能完成任務就橫死在站內。」

萬一自己失敗了，上頭恐怕會失望地說「早知道就給薩瑪雲克魯使用」吧，但海昆黛麗琪沒說出口。

實際上，派遣到站內是很危險的任務。前一世代Corpocker-2型由於在技術上做不到形似人類，只好改成模仿自動驗票機的造型。智能低，只能透過ＳｕｉｋａＮＥＴ進行遠端遙控，被派入站內不到一年就全軍覆沒。不是產生免疫記憶，遭自動驗票機排除，就是被發現是偽造品被站內居民破壞，再不然就是因為故障而聯絡不上。

繼2型之後製造的，就是以海昆黛麗琪為代表的第三世代。只要偽裝成人類，就不用擔心被站內居民破壞。設計上也比上一世代更難以形成免疫記憶。但是，並非完全沒有危險性。

「換句話說，我們有可能碰上死亡。黛麗琪，妳認為我們死後會如何？」

薩瑪雲克魯問。

「我們能夠複製。」

海昆黛麗琪面無表情地回答。

「想完整複製是不可能的。嚴格說來，我們並非數位資料。再怎樣精密的複製，都無法避免資訊減損。」

「那是技術面上的問題，而非本質上的問題。我們現在雖然只有一個個體，但有可能變成兩個甚至三個，也有可能變成零個，如此罷了。」

「妳的發音慢了半拍。要好好地對嘴發聲啊。」

薩瑪雲克魯笑著指著自己的臉頰說。接著問：

「照妳的觀點，我們沒有所謂的死後世界嗎？」

「人類也沒有。」

「妳是這麼想的？」

「克魯，難道你相信那個嗎？」

「並不。」

他笑了。

開始執行站內任務，迄今已過兩年，不知其他成員的任務執行得如何了。雖然歸山偶爾會告知概略消息，不知為何，提起薩瑪雲克魯時他總是巧妙地迴避。連是否仍在東北地區執行任務，還是已經回到總公司了也不肯透露。諜報員彼此之間無法透過Ｓｕｉ kaNET直接進行通訊。技術上並不困難，但他們身上並沒有配備這樣的模組。

「妳認為我們為何會被禁止直接對話嗎？雪繪小姐或許害怕我們在站內彼此團結一致，引發叛變。」

出發前，薩瑪雲克魯這麼說。海昆黛麗琪問：「你想叛變嗎？」但他只是笑著回答：「並不。」

「但是，如果要反叛總公司的話，的確會想借助妳的力量吧。妳是我們之中最有戰力的人。」

「所以你在覬覦我的軀體？」

海昆黛麗琪回答。薩瑪雲克魯一瞬詫異地望著她，接著噗哧笑了。

和他的對話大半都是在連接輔助記憶體前進行，故這些內容並沒有錄成聲音檔正確地記錄下來，因此她也無法一字一句正確地憶起彼此間的對話。當時的對話，海昆黛麗琪是以印象形式保存在自己的記憶裡。她想，這種形式或許和人類的回憶很相似。

「……美美？」

突然聽見呼喚。回頭一看，從站胞分離體背後的樹林裡有某人露臉。太過專注於觀測，疏於警戒背後了。

現身的是乍見彷彿一頭野生的熊的男人。他身材高大，臉部長滿濃密的落腮鬍，且披著毛皮。當然，現在的日本列島已無法取得動物毛皮，那是在站內近畿地方生產的耐水人工毛皮。男人年齡約四十歲。

「妳不是美美嗎？怎麼會在這裡？」

男人說。與壯碩如熊的外表極不搭嘎，男人的聲音異常高亢。他踏著虛弱的腳步走向海昆黛麗琪。視力似乎也不佳，男人瞇細眼盯著海昆黛麗琪瞧。

「誰？」

海昆黛麗琪喊。雨聲淅瀝，對方沒聽清楚她的回答。

「美美？等等，妳不是美美……？唉，說得也是，美美不可能出現在這裡……」

男人深深地嘆口氣，低頭道歉說：

「抱歉，是我搞錯了。妳很像我認識的一個人。」

2

「我叫志堂。熊野志堂。住在這座島上。」

男子以不合乎外型的尖高聲音自我介紹。

「妳是誰？從哪來的？」

海昆黛麗琪瞬間發現從這名四十來歲的男子身上檢測不到Ｓｕｉｋａ特性腦波。

「……海昆黛麗琪。」

「妳的名字真奇怪。是四國人？」

海昆黛麗琪含糊地做出既似點頭又似搖頭的動作。總之可以明白的是，這個男人很少往來於四國。由此可見，他原本應該是站內居民。偵測不到Ｓｕｉｋａ腦波表示他很久沒有進橫濱車站內。應該是被認定為不當用戶而遭到放逐的人。

「妳靠那艘木筏渡海而來？逃難嗎？」

男人指著被拉上岸的木筏說，海昆黛麗琪默默點頭。目前尚不明白這名男子的身分，海昆黛麗琪不想透露太多訊息。這部分在諜報員之中也有個體差異性，如果是被派遣到關東地區的涅普夏邁，只要認為有必要，即使對方沒主動問，也會霹哩啪啦講出口。

「四國現在狀況肯定很糟吧？我在這座島上住了很多年，到現在仍不敢接近那裡。」

「島上還有其他人嗎？」

「沒有。我住在這裡很久，妳是第一個登島的人。這座島離四國相當遠，很少有人能夠渡海而來。聽說小豆島或豐島那邊也有一些居民，但這邊有這座奇妙建築，所以沒人敢靠近吧。」

海昆黛麗琪從其他島嶼名字和輔助記憶體的地圖資料大致推斷出自己的現在位置。她現在似乎在分隔本州和四國的瀨戶內海正中間的小島上，正好適合用來迴避SuikaNET電波，解除免疫記憶。

男人用雙手扛起放在地上的大袋子。

「外頭下雨，要不要來我家避雨？」

熊野志堂說完逕自走出。海昆黛麗琪默默跟在他背後。為了調查分離體，有必要留在島上一陣子。因此，最好能深入理解這名男子的底細。

志堂的家位於島嶼南方視野良好的山丘上。是冬季戰爭時很流行的貨櫃屋。箱型金屬外殼中備有必要最低限度的居住設備。在都市攻擊猛烈的時期，只要見苗頭不對，立刻能開卡車載著貨櫃屋逃亡，因此這類型的房子被大量生產。北海道也有不少類似的屋子，聽說道東地方有群到處收集戰前遺產的游牧民族就住在這種房子裡。

志堂的房子看似長時間沒被搬動過。老早前就接收不到電波的衛星電視天線被大樹枝枒纏繞。看來這間房子並非為他所有，而是以前就存在於島上，被他借住而已。

進貨櫃屋後，志堂打開聚合物製的袋子，取出一個麵包遞給海昆黛麗琪。

「肚子餓了嗎？不嫌棄的話就吃這個吧。」

拿在他手上的是長約二十公分的紡錘形麵包，不知為何，兩端有撕裂痕跡。海昆黛麗琪默默把麵包放入嘴裡咀嚼。雖然她無法消化有機物，現在應該先模仿人類比較好。

接著，志堂從聚合物袋中取出大量兩端被撕裂的紡錘麵包放進櫥櫃裡，留一個自己享用。

「要喝水嗎？雖然只有濾過的雨水。」

「不用了。」

海昆黛麗琪回答，接著問：

「你為什麼會住在這裡？」

「我也是逃亡來的。我來自站內。妳知道站內是哪裡嗎？那是位於北方的一座非～常大的島嶼。」

志堂思考該怎麼說明，他以為海昆黛麗琪只是個六歲小孩。海昆黛麗琪想，也許自己該模仿小孩的表現，但她其實不怎麼明白實際的六歲少女會有怎樣反應。主記憶體裡並不存在著那樣的記憶。

「我在站內做了一些事，結果被掌權者趕出來了。」

「叔叔做了壞事嗎?弄壞什麼東西了嗎?」

「我沒做壞事。但我觸怒了站內的掌權者,所以才逃了出來。」

「掌權者是什麼?」

「叫做自動驗票機,是非常恐怖的人們喔。」

「喔……」

「妳有地方可去嗎?若沒有,妳可以留在這裡。這的水和食物供應十分充足,多住一個人也沒問題。」

說完,熊野志堂溫柔地笑了。

「說明當前狀況。我登上瀨戶內海中的島嶼。島上一半面積被站胞分離體(圖片附件一)所覆蓋。此地接收不到網路訊號,故正確位置不明,推測應是此處(座標一)。島上有一名居民,自稱熊野志堂,是站內放逐者。年齡約四十歲前後,身份不明(圖片附件二)。為了收集關於分離體的資料,我會暫時滯留在島上。記錄者:海昆黛麗琪。」

將緊急編輯的資訊壓縮儲存在通訊模組中。只要進入能連上SuikaNET處,便會自動將這些內容傳送給JR北日本。只不過,那恐怕是相當久以後的事。海昆黛麗琪在島上繞了一圈，完全偵測不到網路電波，而且天候惡劣，也無法立刻出航。雖說為了消除免疫記憶，本來就得避避風頭。

海昆黛麗琪在島上繼續收集站胞分離體的觀測資料。這座生自不完整結構遺傳界的奇妙建築，外表看似前衛藝術，但和橫濱車站本體相同，內部會生產、排出各種物質。

只是所生產的東西和建築本身一樣，形狀歪七扭八。志堂當成主食的兩端被撕裂的紡錘麵包就是從站胞分離體所生產的一條長達幾十公尺的怪異紡錘麵包上撕下來的。不過，這種好歹看得出是什麼的食品已算很好的。其他還有蛋白質凝固形成的立方體、含有維他命的纖維團塊等。雖然志堂把這些稱為「雞蛋」和「蔬菜」，海昆黛麗琪想，假如自己是人類的話絕對不會想吃吧。其他還有會排出深綠色黏稠液體的管線，將之引入貨櫃屋的分離槽，就能當作燃料，供應屋子電力。即使分離體的外圍長達數公里，志堂對哪邊會生產什麼瞭若指掌。

海昆黛麗琪一面調查分離體的構造，一面幫志堂拾取每日糧食。志堂外表狂野，身子卻意外孱弱，三天有一天會因過度疲憊躺在家中休息。他老是說「有妳來幫忙變得輕鬆不少」，卻對自己拜託小孩幹粗活有罪惡感。

原本也想調查分離體內部，但結構遺傳界消除器效果不佳，難以挖開可供入侵的洞穴。恐怕是因為結構遺傳界的波形和本土的橫濱車站差異太大的緣故吧。雖然也能改造消除器，改寫內部波形資料（輔助記憶體中儲存了消除器的內部結構圖），如果弄壞就麻煩了。海昆黛麗琪不擅長操作機械。換作是薩瑪雲克魯，肯定早就動手改造了。日後才聽說，他之所以能動得那麼像人類，就是因為他對自己的軀體進行改造。

到了晚上，就聽志堂訴說他的故事。海昆黛麗琪幾乎沒提過自己的事，志堂對此似乎毫不在意。他說「妳一定經歷過很難過的事」、「想找人傾訴的話，盡管說吧。畢竟有妳在身旁，也幫忙我很多」。他似乎完全把海昆黛麗琪想像成因緣際會下勉強從四國逃出，內心帶著創傷的女孩了。

海昆黛麗琪在這裡久違地以一天二十四小時為基準來行動。在站內，一日循環並無太多意義。雖然他們為了集中複習記憶需要睡眠，只要找個適當時間在適當且安全的場所進行即可。

過了幾天，志堂開始注意到以五歲或六歲的少女而言，海昆黛麗琪似乎過於聰明的事實，便開始說起個人身世。有一天，他提到自己的經歷。

「我在站內時，住在名為『京都』的都市，是『菸管同盟』的成員之一。」

「菸管同盟？」

「妳應該沒聽過吧。在站內算是小有名氣的組織。」

海昆黛麗琪迅速搖頭。菸管同盟被ＪＲ北日本指定為「必須當心的組織」之一，但既然不能讓自己的身份曝光，當然也不能表現出自己知情。

「那個組織……那麼，為什麼被趕出站內？」

「想聽嗎？這是個很長的故事喔。」

海昆黛麗琪輕輕點頭。

「我沒跟任何人說過這件事。畢竟，在這裡也沒有可訴說的對象。」

說完，他笑了。

3

熊野志堂生於站內紀伊半島南部的小型聚落。規模很小，稱為村子比較適合。不僅幾乎沒有通道和大都市連接，導覽板也不正確，周遭地形彷彿迷宮複雜曲折，鮮少有外人來此。

村子沿著斜坡形成，分為「一層」至「五層」等階層。人口規模很小，故車站結構並不發達，至少從熊野志堂的祖父那一代起，就一直維持這樣的階層結構。

熊野家住在第三階層。他家代代都是活體電器技術人員，專門替村子裡的孩子植入Suika晶片，進行SuikaNET認證手續。認證必須繳交五十萬毫圓給網路，志堂則收取部分手續費，用這筆錢購買一層製造的糧食或二層的工業製品。

離村子不遠處有座糧食生產工廠。在紅色光源照耀下的大型廣場裡種植大量稻米和蔬菜。這裡的工廠是需要人類勞動力的類型，村中法令規定一層居民得在此工作，二層的居民則從事回收在站內各處排出的糧食或機械零件、燃料，將之組裝起來的單純勞動。一部分成品留給已用，其餘販賣給上面樓層。

對一層的居民而言，一輩子掙來的所得幾乎等同於註冊Suika帳號所需的五十萬毫圓，所以貨幣唯一的存在意義就是替出生的孩子植入Suika晶片。換言之，一層的居民得要勞動終生才能賺得在橫濱站繼續生活的資格，無法支付這筆金錢的勞動者的孩子會被自動驗票機帶走，因此人口幾乎維持定數。

大部分的都市有社會地位愈高者住愈上層的傾向，在這個村子裡很明顯也是如此。每一戶的職業已被規定，各職業居住的樓層也綁死了。生於三層的人就擁有三層的身份，一直住在三層。從以前起就是如此。

志堂等三層的居民並非單純勞動者，而是專門技術人員階級。除了活體電器技師外，有人負責管理ＳｕｉｋａＮＥＴ，也有人負責指揮下層的勞動者。

四層居民負責辦理村莊統治上所必須的各種手續，五層則住著統治者一家。這些上層居民偶爾會走到底下的階層頒布新制度或新法律，向居民購買物資後就回去。村中沒有所謂的稅金制度，沒人知道他們是如何獲得支付給底下居民的毫圓。

村子的身分制度十分穩定。村子本身與世隔絕，對這種身分制度抱持疑問的人並不多，所以也沒有其他都市有的警察組織。

志堂小時候只有一次曾發生受不了勞動的一層居民用棍棒毆打前來視察的四層居民的事件。自動驗票機立刻趕到現場帶走毆打者。那個男人再也沒有回到村子裡。

自動驗票機禁止站內任何暴力行為，因此低階層的居民也無法仗著人多勢眾發起暴力革命，他們所能做的頂多是逃出村子。

比起下層居民，位於三層的志堂家生活就沒什麼好不滿的。生活必需品充足，有餘裕能向偶爾來訪的旅行商人購買奢侈品，勞動時間也不多。雖然三層的孩子們得接受短期義務教育與專門技術指導，少年時代的志堂在完成學業後，每天沉迷於閱讀ＳｕｉｋａＮＥＴ取得的書籍。大部分是小說，描寫發生在甲府或松本等站內都市的匿名人物群像劇。他閱讀這些故事，嚮往著有朝一日能去大都市見識見識，但也僅只於嚮往。

那時，他和他的青梅竹馬，一位名喚美美的少女有婚約。兩人感情並沒有特別好，單純只因血緣較遠，年齡相近，而同住在三層的女孩並不多罷了。兩人出生不久就自然而然地訂下婚約。年幼的志堂以為自己會永遠住在村子裡。至少從未想像過自己有朝一日竟然會被趕出橫濱車站外。

志堂二十歲時，一個奇妙男子來到村子。穿越迷宮般的山麓出現在村子的他，對著第一階層的居民，以彷彿看見珍禽異獸般的語氣，自顧自地嚷了起來：

「哎呀！沒想到這種地方竟然有聚落！真是大發現，多麼驚人的成果！」

但村民的驚詫恐怕遠勝於他。

村中偶有旅行商人來訪，他們大多揹著大型貨箱或牽著拖車。但那個男人雖也牽著拖車，但實際牽著車子的竟是數架自動驗票機。這些自動驗票機的細長手臂上纏著老舊繩索，聽從神祕男子的手持終端機的指示行動。

某村民認為「橫濱車站的神以人類姿態現身了」而下跪崇拜，另一個村民則認為他是邪惡咒術師，趕緊叫小孩躲進房間裡。不識字、不會用ＳｕｉｋａＮＥＴ終端機的一層居民把為了維持秩序而在村子附近巡邏的自動驗票機視為神明意志的執行者，因此在見到竟然有人類能差遣自動驗票機時，反應自然非同小可。

一個女人為了徵詢領導階層的意見，衝向通往三層的電扶梯，大聲呼喚恰好在現場的志堂。志堂決定把那名旅行商人帶到三層仔細問話。男人年紀約三十至四十歲，戴著眼鏡的雙眼瞪得老大，彷彿金魚眼，怎看都很可疑。

「初次見面，我叫二條圭仁，來自位於此地遙遠北方的名為京都的都市。我正在研究如何利用自動驗票機進行運輸的技術，而我背後的這些就是測試結果。請問你是村民代表嗎？」

男人在通道裡大聲嚷嚷，底下樓層的居民畏怯地望向志堂。

「不，村民代表很少出現。我只是普通的活體電器技術人員。」

志堂也畏縮地這麼說。

「第一次看到能自由操縱自動驗票機進行搬運啊，這究竟是什麼技術？」

不愧是第三階層的居民，志堂明白自動驗票機不是神也不是惡魔，單純只是機械。但他也完全沒想過自動驗票機會被人類控制。不過，他以為那只是住在偏鄉的自己無知，只要去都市就能學到這種技術。

「其實還無法自由控制。說穿了，這只是一種ＳｕｉｋａＮＥＴ干擾技術。」

可疑的男人說。

「橫濱車站中存在大量的自動驗票機，它們基於某種演算法在站內移動。打個比方，有兩架自動驗票機像這樣彼此接近而來。正常而言，發現彼此距離太近的話，它們會轉身朝不同方向移動。所以就算讓自動驗票機搬運貨物，運送距離也無法很遠。」

男人用兩邊手指頭重複接近又互相排斥的動作。

「但是，這不代表自動驗票機有各自負責的區域。事實上，根據我的研究，自動驗票機並不存在著個體的概念。整體基於一個系統行動。因此，當有兩架機體像這樣相互靠近過來，對它們發射網路干擾訊號的話，就會像這樣轉身，然後嘩地互相分開。只要利用這個性質，就能讓京都的自動驗票機運著貨物到這裡來。當然，還是有某種程度的隨機性，所以還需要發射其他種類的干擾訊號。」

男子激動地比手畫腳說明，但志堂一句也聽不懂。他想，也許都市居民就能明白了。可疑男子不在乎地繼續滔滔說著諸如「目前只是測試，所以我也跟著一起來了」、「未來希望發展成能獨自運送到遠處並運回的系統」、不只在ＳｕｉｋａＮＥＴ上的資訊，假如連物品都能運送的話，橫濱車站整體將能形成一個經濟圈」等願景。

「橫濱車站中到處都是自動驗票機，數量比人類還多，不把它們運用在經濟上太浪費了！這就是我的想法。」

這名不懂主張難懂，說到激動處還會噴口水的這個男人令志堂不由得退縮。即使如此，他是第一次看到有人能活得如此開心。村子裡的居民向來以為完成賦予自己階層的職責就是人生的一切。連第五階層的統治者一家也是如此。村民們覺得自己只是這個系統的一部分，是名為村落生命體的器官之一。

志堂向四層村民報告神祕男子的事，並轉告男子想和五層統治者見面。但過了不久，卻得到村長不願意接見那個可疑男子的回答。又過了幾天，村長下令把這名能使喚自動驗票機的男人趕出村子。統治者們厭惡變化，想盡力避免作為秩序來源的自動驗票機的權威被威脅的狀況。

「看來沒轍了，只好去下個村子碰碰運氣。」

二條說道，接著對志堂開口：

「對了，我想發展這個自動驗票機運輸系統事業，所以需要人手！像你這種年輕力盛又有好奇心的人最適合了，願不願意為我工作啊？有興趣的話請聯絡這裡。」

迅速地說完，將附上網路位址的名片遞給志堂。名字寫著「二條圭仁 2Jo Keijin」。志堂想，前面的漢字他懂，但後面那串奇妙文字又是什麼？

這個小小機緣，大幅改變了志堂今後的人生。

4

熊野志堂被放逐出村的原因非常單純。他的青梅竹馬兼未婚妻美美被五層統治者的兒子看上了，即便統治者之子已經有個出身四層的妻子，在三層、二層亦有包養其他女人。如此一來志堂的存在變得很礙事，不久就收到一張寫著他根本不知情的罪狀的放逐令。只明白上頭寫了諸多如「秩序」、「反叛」或「紊亂」等艱深漢字，以及自己的名字「熊野志堂」。

村中沒有審判或控告制度，只要五層一家下達命令，就再也無法翻案。

「你是個好孩子，為什麼神明要對你如此嚴苛？」

志堂的母親悲傷地哭了。母親所說的「神明」並非指五層的統治者，而是指超自然的神。對三層的居民而言，幾乎沒有機會見到的五層統治者擅自決定的規矩或命令，與其說是來自人類的意志，更近乎一種自然現象。對志堂而言也是如此。只是對他而言，這種自然現象與其說是災害，毋寧像是新季節來臨的徵兆。

自從遇見那名能夠控制自動驗票機的男人後，他的內心深處一直抱著想離村的心情。接到放逐令後，那樣的心境終於能化為現實。因此他迅速整理行李，比放逐令指定日更早了好幾天就離開村子。只留下一張紙條給美美，寫著「錯不在妳」。

無處可去的他，決定先去找那位自稱二條圭仁的男人。雖不確定幾年前口頭承諾「你來就僱用」的約定是否還有效，試著與他所留下的SuikaNET位址聯絡，卻得到「本位址已無人使用」的回應。網路位址會隨著車站結構增殖自動變化。志堂沒辦法，只好直接前往京都。就算找不到圭仁，在大都市裡總該能找到工作吧。

由於毫無趕路的必要，志堂不走山間的電扶梯斜坡，而是先下山，沿著奈良盆地緩緩北上，邊在各地打零工，邊遊歷名勝古蹟。

「這附近有許多古墳石。」

他來到一處叫明日香的地方，當地老人指著牆壁對他說。這一帶的牆壁完全不同於橫濱車站標準的水泥牆，但也不像古老電影中出現的自然岩壁，呈現出奇妙形狀。若要說明，大概就像把自然岩石削切成立方體的感覺吧。

「很久很久以前的時代，這裡有王族的墳墓。這種岩石就是當年遺留下來的古蹟。」

老人說。志堂基於從歷史小說中獲得的一知半解的知識，明白古代王族統治這一代已是二千年前的事，比起橫濱車站的擴張更早得多。雖然他並不清楚為何車站裡有這樣的岩石遺留下來，姑且先點頭同意老人的說詞。

就這樣，他一面遊山玩水一面前進，抵達京都時已經是出發一個月後的事。

和其他站內盆地一樣，覆蓋京都的橫濱車站在此形成層層疊疊的階層結構都市。不過，不同於甲府等其他階層都市，京都的通道非常整齊，呈現格子狀。也許是因為結構遺傳界攝取了過去的里坊制都市的記憶，一層層地堆疊起來了。

最後一次聯絡時圭仁的營業處住址是「北大路堀川庚寅７」。京都的住址表記方法分別由南北、東西、上下三個座標所構成。北大路位於都市北端，堀川為中央偏東，庚寅是二十七層的意思。這個時代的京都最上層是甲午（三十一層），庚寅可說是相當高的階層。志堂聽說京都不像他的村子那樣以階層代表身分高低，但富裕者普遍還是喜歡住在高層。圭仁的事業想必發展得很順利吧。

大部分的都市會因橫濱車站的不規則拓展而造成住址紊亂，因此京都的地址體系如此整齊劃一著實令人佩服。至於志堂的村子則是規模太小，根本沒有住址的概念。

來到地址所示位置，卻沒見到圭仁的身影，位於該處的是一間豆皮料理店。問了老闆，得知之前的屋主在三年前賣掉這裡後離開了，去哪兒並不清楚。志堂又詢問附近居民，只知道圭仁終止自動驗票機運輸事業後，沒人知道他的去向。

於是，志堂只好去找其他工作。但在對外地人很冷漠的京都，沒人擔保身分的話，很難找到正當職業。他在村子裡學習的專門技術是替人導入Ｓｕｉｋａ系統，但這份講究信用的工作不是外地來的流浪漢所做得來的。

他輾轉流落到底層貧民窟，過著每天尋找零工的日子。不久，他成了香菸業者的搬運工。這是一份把站內各地挖掘出來的香菸販賣機中的商品搬運到位於嵐山或比叡山上「站孔」的工作。站內全面禁菸，只能利用在都市周邊形成的站孔吸菸。由於被警察發現會帶來不少麻煩，像他這種免洗勞工會被優先僱用。

當時京都存在著兩種警察。東西邊各有警察組織來管理社會生活，稱為左警察與右警察。兩者均主張自己的正統性，抨擊對手是冒牌貨。

左警察宣稱自己乃是延續日本政府時代的京都府警脈絡的組織，右警察則聲稱京都府警早已於冬季戰爭中完全消滅，左警的說詞不過是欺瞞，相對地右警的前身是守望相助隊，是戰後混亂期京都治安的真正守護者。只不過站在居民的立場，這些歷史糾葛一點也不重要，他們只期望警察別再互鬥了。

右警察和左警察的法律制度微妙地不同。左警視吸菸違法，被抓到要繳交罰金。右警則視為合法，但要徵收高額賦稅。萬一被抓到，這筆錢得由搬運工自行掏腰包。

「最慘的是在朱雀大路附近被逮到。」

搬運工前輩說。這一帶有左右兩方的警察巡邏，若被一方逮到，另一方也會立刻趕來，雙方同時徵收罰金或稅金。

志堂開始工作第一個月的某日，被左警察一個叫東山的警員逮捕，搜出藏在衣服內側的香菸。志堂放棄抵抗，乖乖認命要繳交三萬毫圓罰金，但這名下層警員阻止他，說「把一萬毫圓匯進我的Ｓｕｉｋａ帳號，我就放你一馬」。當然，志堂同意了。

這名叫東山的男子在左警察任職多年，卻因天生愛瞧不起人的態度使得他難以晉陞，變成私下收取黑社會組織賄賂的瀆職警員。志堂定期提供金錢給他，獲得左警察的巡邏路線等資訊。警察們只會機械性地沿著網路指定的路線巡邏，只要事先取得路線情報，便能輕鬆迴避。於是志堂成為一名優秀的搬運工，受到組織老大的重用。

當了香菸搬運工一段時間，對京都的黑社會變得更了解後，開始能取得關於二條圭仁的消息。如果善用自動驗票機運輸，便能更安全地搬運香菸或更危險的毒品，因此當時圭仁的事業也成為黑社會矚目的焦點。但是他的事業所在三年前已經關閉，他自己的行蹤也沒人知道。志堂只打聽到他有個叫圭葉的未成年女兒，住在京都某處。

志堂付錢給東山，讓他基於警員權限存取個資資料庫，得到二條圭葉現居於六條烏丸庚午的消息。換句話說，是第七階層。

5

「她是個可憐的孩子。八歲時母親生病，十五歲時連父親也死了。」

田中戾對志堂說。二條圭仁的女兒圭葉和一個叫戾的初老婦女住在京都第七階層。戾是圭葉母親的老友，領養痛失雙親的圭葉，照顧她的生活起居。

她們住在站內都市常見的大型平房，圭葉的個人空間只用低矮屏風區隔，志堂從自己的位置上能直接看到她。

「小圭，這位客人是令尊的朋友喔。」

戾說，圭葉瞥了一眼志堂，默默點頭，又轉回面對桌上的大型螢幕，專心地用鍵盤輸入著什麼。

厚眼鏡，運動夾克，梳於整理的長髮垂掛到椅面。據說現年十八歲，都市妙齡少女常見的時尚感似乎躲藏起來了。

「我能問關於圭仁先生的死因嗎？」

志堂說，戾看了圭葉一眼，靜靜地開始說明。

圭仁的自動驗票機運輸系統深受京都黑社會注目。自動驗票機的話，警察必然不敢輕舉妄動，最適合用來搬運香菸或更危險的毒品。也許因骨子裡就是個技術人員，圭仁對自己的系統被運用在什麼地方似乎都無所謂。

但是，幾個黑社會幫派與兩大警察間的各種交易、盤算及糾紛激烈碰撞的結果，位於漩渦中心的圭仁遭到電動泵浦槍槍擊。開槍的是和志堂所屬組織敵對的毒品走私組織的年輕幫眾，聽說這名小伙子立刻被自動驗票機拋進琵琶湖了。

所謂的「殺人案」，志堂曾在古典推理小說中讀過幾次，但他萬萬也想不到這種事件竟然也會在現實中發生。一旦在站內殺人，自動驗票機會立刻趕來處理，因此絕不會有推理小說中犯人故布疑陣的情節發生。

「圭仁要是不一頭熱地開發那種技術，專心照顧小圭就好了。」

戻悲傷地說。志堂猶豫半晌，最後還是開口：

「我出生於紀伊半島南方的小村落。我和圭仁先生就是在村子裡相遇的。」

他開始說起自己的出身與故鄉的身分制度。

「……成長過程中不覺得，如今回想起來實在是個相當糟的村子。下層民眾永遠是下層，而我們那一層也是自出生起職業就註定了。但因為對外界一無所知，我一直以為這是世間的常理。

但光是見到有像圭仁先生那樣靠自己的技術發展事業，自由往來於站內的人士存在，我就感覺自己彷彿得到救贖。我相信圭仁先生在其他地區也一定激勵過像我一樣的人吧。」

這是志堂的真心話，期望至少能帶給受到命運無情對待而失去父親的少女一點心靈慰藉。

不過，他沒透露自己現在加入京都黑幫的事實。戻聽他述說時不斷點頭，頻頻說「真是辛苦你了」。

京都整體糧食生產及基礎建設狀況大致良好，就算是低階層的居民，生活也不虞匱乏。但即使如此，比七層庚午更下層的地區仍舊充滿貧民窟氣氛。許多居民直接坐在鋪在通道的紙箱上發呆。他們打一開始就明白，即使有了配偶，生了孩子，也無法提供孩子五十萬毫圓。因此他們對未來失去希望，將身上寥寥無幾的所得都花費在志堂所屬黑幫販賣的香菸或其他組織舉辦的樂透等博奕之上。

治安無虞，因此居於底層的不只貧民，也有生性節儉的人士。田中戻便是這類人。志堂從經驗上明白，像她這種人對志堂所屬的這類組織不會給予好臉色看。

戻說要招待志堂吃晚飯，出門採買，房子裡只剩志堂和圭葉兩人。志堂尷尬地看了圭葉幾眼，思考該和她聊什麼，但左思右想就是想不到。圭葉則是對志堂毫不在乎，只沉迷於敲鍵盤或插拔不明的機械連接線。志堂只好呆呆地望著掛在房間牆上的電視畫面，巴不得戻早點回來。

最近SuikaNET上播映的都是和JR北日本有關的新聞。尚未受到入侵的北海道派人跨越津輕海峽綁架站內孩子的新聞，震撼了站內最北端地帶。站內基本上對外地JR採取既不關心也不干涉的立場，但危害站內居民的事實還是使他們憤怒。當然，就算生氣，他們也沒辦法對津輕海峽另一頭的JR北日本怎樣。

「根據當局的獨家情報，北海道媒體對本事件亦同聲表示強烈譴責。」

新聞繼續報導。SuikaNET上的新聞並不存在著中樞電視台，而是各地將蔚為話題的新聞被機械性地收集起來傳播，因此津輕海峽的新聞花上三天才傳到京都。至於所謂的「當局」是什麼，是否為值得信賴的新聞來源，志堂則無從得知。

志堂對「外在世界」懵懂無知。他聽說橫濱車站已開始在四國拓展，而北海道和九州仍依然維持防衛戰線。他想，真的有必要為了守護外頭的領土而綁架站內人民嗎？比起暴露在風雨之下的外頭，站內明明舒服多了。

「關於你的村子的事。」

圭葉突然對志堂開口。志堂花了幾秒才發覺那不是來自新聞，而是圭葉的聲音。她的嗓音穩重而低沉。

「你說你村子的統治者不知從何處準備了一筆錢來支付底下的人，讓他們勞動？」

「……嗯，是的。」

志堂回答。

「我想，他們大概擁有毫圓挖礦機。」

「挖礦機？」

「橫濱站人口一增加，就會透過網路徵收Ｓｕｉｋａ導入費對吧？但這樣的事情一再重複的話，站內流通的毫圓總有一天會枯竭，不覺得很奇怪嗎？」

「我完全沒想過這個問題，這麼說的確很奇怪。」

「那是因為有種機械能夠挖掘到已減少的份的毫圓，讓流通中的毫圓維持定數。雖然我想應該存在很久了，你們村子裡也有一台仍能使用的毫圓挖礦機。」

「挖礦是什麼意思？毫圓和以前的金塊一樣埋在地底嗎？」

志堂想起自己的工作的香菸挖掘事業。

「不是的。毫圓沒有實體。Ｓｕｉｋａ的毫圓基本上就是讓交易紀錄全部放到網路上流通，規定哪個Ｓｕｉｋａ帳號擁有多少餘額。那個的技術背景和好幾種加密系統有關，高度複雜的計算保障了這個加密系統。若想取得毫圓，必須要有特殊機械才能進行。我將之稱呼為挖礦器，雖然沒有實際看過。所以你村子的統治者能單方面地支付金錢，以此命令底下的人。」

志堂不太明白圭葉所說的意思，一直保持緘默的她突然彷彿潰堤般地說了起來反而更令志堂感到驚訝。不顧對方是否明白，照樣說個不停這點，和她父親圭仁很相似。

「妳知道這麼難懂的事啊。」

即使被人這麼說，圭葉表情毫無變化地繼續說道：

「接下來是正題。你怨恨那些統治者嗎？怨恨他們把你趕出村子嗎？」

「不，說老實話，我自己不怎麼悲傷。原本在和圭仁先生相遇後，我就一直很想來都市見識見識。不過，對我的父母或美美或許算是一場災難吧。」

「在你的認知中，那叫『災難』嗎？。」

「不，當然那算是人禍，但結果說來，社會上到處都有這種彷彿天災般的不合理事件。人生不就是這麼一回事嗎？」

說了這句話後，圭葉露出明顯不愉快的表情，然後把桌上的大型螢幕轉了一圈向著他。

「這是我之前製作的系統。」

黑色畫面中央有一個白色圓形，周圍有以此為中心放射線狀延伸的線條。

「我能集中干擾挖礦機周邊的ＳｕｉｋａＮＥＴ節點，讓他們無法繼續挖掘毫圓。更正確地說，是讓連接挖礦機的節點過載，使得挖掘出來的毫圓散落到周圍。當初這個程式做是做了，卻苦於找不到測試機會。假如你想對村子的統治者復仇，我可以幫你對他們的挖礦機動手腳，能告訴我地點嗎？」

「等……等等。」

志堂雙手伸向前搖手，阻止圭葉。

「一口氣灌輸我這麼多事我處理不來。首先那個什麼……挖礦機？我連我的村子是否有那種東西也無法確定啊。我壓根沒聽說過這件事。」

「我會先試著驅動那台挖礦機，確認是否真的存在。不存在的話什麼反應也不會有。」

「不不，不是這個問題……首先，妳有何理由這麼做？」

「我想測試這個系統是否真的有效。日後會派上用場。」

「日後是什麼意思？」

「日後的事等日後再說。我現在擁有這個系統，我在問你是否想用。」

志堂略為思考，答道：

「基本上，我們村子會變成這樣其來有自，不該因我的一己之私影響整個村莊。」

「但，不就是因為統治者得到挖礦機，基於他們的一己之私害你們整個村子變成這樣？若是如此，為何能干擾機械的人就不該翻攪這一灘死水？」

「不，別胡說了，沒這種道理。」

志堂語氣嚴厲地說。圭葉被他的態度震嚇，不由得閉上嘴。

「雖然對於今天剛認識的女孩這麼說有點奇怪，妳還是個孩子，人生又有太多波折，以致於妳的思考有點偏差。或許妳就如戻女士說的一般，是個腦筋很靈光的孩子，不過，等妳長大後，對社會的結構……」

「現在不是在談我的事。」

圭葉打斷對方說：

「這個問題很單純。你的家人與前未婚妻『被迫』受到災難了，對吧？現在你發現有方法能幫他們，那麼，你該想的是『似乎值得一試』，難道不是嗎？」

這麼一想的確很合理。但志堂覺得眼前這名少女似乎只把他當成輸入指令便會動作的機械，而且，在她的注視下，志堂開始覺得自己真的變成如此了。

兩個月後，志堂收到來自故鄉的ＳｕｉｋａＮＥＴ訊息。村子原本規定不得與放逐者通訊，這意味著命令解除了。

根據父母的說法，五層統治者們不知為何突然消失了。傳聞他們最近經常延遲支付毫圓，整座村子對他們的不信任感也不斷攀升。在他們消失後，四層的居民們彼此討論，決定樹立新的政治制度，因此志堂的放逐令已被解除，家人都希望他能回家，美美也很想念他。志堂思忖一番後，回信說：

「我現在住在京都。生活不虞匱乏，也有許多朋友。能解除放逐令我很高興，但我在這邊也有事業，暫時不會回去，抱歉。請替我向美美問好。」

將村子裡發生的事向圭葉報告後，原本不是面無表情就是頂著一張臭臉的她喜形於色地說：

「OK。看來關於毫圓的部分算是成功了。接下來就是自動驗票機。」

說完，又開始敲起鍵盤。志堂不禁想，也許她根本不是什麼自幼失去雙親的可憐少女，而是某種難以名狀的事物，且自己已被這個不明所以的怪物擄獲了。

「妳究竟想做什麼？」

志堂問。圭葉回答：

「不是什麼大不了的事。」

「首先該做的是統合左警察和右警察。不必在表面上統合，只要從雙方各拉攏一名代表加入我們即可。有適當人選嗎？」

圭葉看著終端機畫面問。畫面上顯示存在於京都全域的黑白兩道主要組織一覽。志堂所屬的香菸走私組織也被登錄在上頭。

「左警察裡頭有個叫東山的傢伙，是個操守很差的基層警員。我常賄賂他，藉以獲得警方消息。」

「似乎能派上用場。能拉他進來嗎？」

「只要約定給他高層地位，他應該就不會拒絕。他就是這麼膚淺的人。右警察那邊我沒有熟人，不過問問我們組織裡的西區負責人應該就知道了。」

「那就拜託你了。我不擅長與人交涉，有你協助真是幫了大忙。」

「嗯。」

志堂有點害羞地撫摸下巴的鬍子。有了地位之後，為了看來較有威嚴，他開始蓄鬍，但還是覺得很不習慣。圭葉說很像野生的熊。

故鄉統治者更迭事件後過了兩年。村中的階級社會幾乎消滅，美美和原本是二層的居民結婚，不久之後，已屆花甲之年的父親衰老而死。母親強硬要求志堂回家奔喪，但志堂依然以忙碌為由拒絕了。

一方面是覺得事到如今還要見面頗尷尬，但實際上也真的很忙碌。志堂在這兩年間爬上組織老大的地位。並非憑藉於他的貢獻，而是圭葉干涉網路的結果。在高度系統化的組織裡，只要能掌握網路上流通的消息，要讓任何人獲得地位都不難。

「等工作告一段落我會回家一趟。」雖然對母親這麼說，但他自己也不明白要打拚到什麼階段才算告一段落。工作規模以等比級數的速度成長。首先，京都一帶幾乎所有網路節點都被圭葉控制了。接著，各大組織的老大都被換成圭葉的熟人，最後連自動驗票機的行動都能控制到某種程度。

「我的笨腦袋多半不能明白，但我還是想問，妳是怎麼控制網路的？」

有一次，志堂問圭葉。

「這個嘛……」

圭葉整個上半身靠在椅背上，長髮幾乎快與地面接觸。

「你知道ＳｕｉｋａＮＥＴ是基於何種原理交換資料嗎？」

「不。」

「很正常。其實我也幾乎不明白。」

圭葉輕鬆地說，志堂一臉訝異。

「正確而言，是沒有人明白。因為網路是橫濱車站自動生成的，根本沒人知道通訊協定長怎樣。但可以肯定的是，那是結構遺傳界攝取並複製橫濱車站誕生前就存在的網際網路和ＪＲ統合知性體的規格而成的。」

根據圭葉的說明，這個橫濱車站到處都存在著稱為ＳｕｉｋａＮＥＴ節點的據點。彼此連結而成的網絡形成了ＳｕｉｋａＮＥＴ，這種「據點」現實中是何種模樣沒人知道。因為通常被埋設在車站結構深處。但透過網路存取，能間接得知其存在。

存取網路所能得到的資訊大多是離那個地點最近的節點內所保存的資料。節點之間的通訊會使內容同步，但這種通訊的可信度非常低，因此資料的更新通常採用「多數決定制」。換句話說，和寫著「Ａ」的節點連接的其他十個節點中有八個說「Ｂ」的話，那個節點就會被改寫為「Ｂ」。

對這種節點間通訊進行干涉，將傳入特定節點中的資料全部改寫為「Ｃ」的話，就能讓原本不存在於網路上的「Ｃ」被寫入節點中。只要對其他節點重複這種步驟，就能利用多數決定的機制讓「Ｃ」蔓延於網路整體。

當然，通訊協定不清楚，各地區的規則也微妙地有所不同，想對全橫濱車站的節點進行干涉並不容易。但是圭葉長年持續進行的結果（另一方面當然也繼承了父親的研究成果），京都周邊的幾乎所有節點的資料都能照她的意志改寫了。

只要能成功控制ＳｕｉｋａＮＥＴ，便能輕易控制建立在網路系統上的人類社會，志堂基於個人經驗也很明白這個道理。正如他的故鄉控制了毫圓流通的家族輕易建立起獨裁制度一般。站內的人們若無車站的統治，就是如此脆弱無力。

出入圭葉位於庚午階層的家中分子愈來愈多。左警察和右警察的幾位代表在此討論警察組織的方向，將那些內容透過網路傳送給京都全體。黑社會組織的架構也大致相同。雖然形式上最終決定權在於圭葉身上，不過她自己基本上不干涉具體的統治辦法。

身代母職的戻看到平時窩在家裡的女孩有那麼多人來拜訪，心想「那孩子總算交到朋友了」，天真地為她開心。她似乎完全不清楚圭葉在做什麼，而且這陣子迅速老化，若告訴她其實圭葉已經成為京都整體的統治者的話，搞不好會嚇到休克吧。不告訴她這件事也許是圭葉的一番體貼。

圭葉不同於父親，對於和其他人建立可信賴的人際關係毫無興趣。因此，和善親人、黑白兩道都有豐富人脈的志堂就成了這個組織領導者圭葉的最大親信。

對於被年輕十歲的女孩使喚的事，以及對於隨著組織成熟，圭葉的風貌也逐漸由青澀少女成長為妙齡女子的事，志堂並非不在意。但對於前來造訪圭葉家的組織成員，尤其是日後才加入的成員而言，圭葉就像神權政治時代的巫女一般神聖。她所掌控的領土不只京都，逐漸擴大到周邊都市。

「我想取個名字。」

某天，圭葉說。

「名字？」

「嗯。我想替組織取個名字。東山等人也這麼說。但我對取名實在沒什麼頭緒，你幫忙想一個吧。」

志堂思考幾秒後，回答：

「菸管同盟如何？」

「菸管？」

「那是我的組織在販賣的物品。吸菸草時使用的器具。長得像這樣。我身上剛好有一隻。」

志堂從樣品中取出一隻菸管給圭葉看。

「好漂亮的設計。好，就採用這個名字吧。菸管同盟。」

都市居民並不知道菸管同盟的存在。表面上仍然是左警察和右警察在轄區間競爭，但現在兩者都在圭葉的統治下，一旦發生糾紛，就在同盟內部透過對話來解決。也不再有稅金重複徵收的問題。居民的生活獲得改善，經濟指標提升，下層貧民們能獲得更多工作，逐漸湧現活力。

志堂覺得他們是在施行善政。故鄉的統治者只知透過挖礦機取得自己的特權地位，只為了滿足私慾。

但圭葉自己——這位統治者中的統治者——卻對都市的政治本身幾乎沒有興趣。她只對如何用自己的技術取得ＳｕｉｋａＮＥＴ節點的管理權限，擴大掌控範圍這點感到興趣。志堂覺得她這種目的本身是擴大掌控和橫濱車站有點相似。

也許就是因為這樣吧。他們「菸管同盟」的活動驟然迎向終局了。志堂親身體驗到所謂的結局總是突然到來的道理。

如同自己故鄉的身分制度突然結束一般，圭葉的組織也突然瓦解了。因此，這個車站的無秩序增殖總有一天也會迎向末日吧。

以彷彿被一粒沙壓垮一切般的突如其來的形式。

「大阪？」

「嗯。那一帶的網路節點幾乎全部都在我的掌控下，我希望你能去和當地站員交涉，叫他們派一個代表來參加同盟。你明天能幫我跑一趟嗎？」

「真是臨時啊。」

志堂說。從京都到大阪徒步得花上一天。

「會花不少時間吧。大阪那附近現在也住了形形色色的人，網路很好控制，但人類就不同了。我希望信得過的人去辦這件事。」

「我明白了。」

大阪過去是日本第二大都市圈，但在日本本州橫濱車站化後，規模已不再像過去那般巨大。因為結構遺傳界在盆地容易形成階層結構。不過過去大阪的鐵路網極為發達，車站也比其他地區的密度更高，受此影響，ＳｕｉｋａＮＥＴ節點的密度也異常地高。要掌控雖然困難，一旦掌控就不容易消滅。可以說是重要的據點。

圭葉在桌上的螢幕中顯示出當前確保的網路節點。

「妳打算擴張到什麼程度？」

志堂問。畫面中的日本地圖，圭葉確保的節點位置顯示為綠點。綠點範圍日漸擴大，現在已抵達大阪灣及琵琶湖東岸。雖然不明白所謂的掌控ＳｕｉｋａＮＥＴ具體而言是怎樣狀況，至少顯示圭葉的能力達到這種程度，志堂由衷感到佩服。

圭葉並沒有回答他的問題，只默默用茶壺將綠茶倒進兩個杯子。

「喝嗎？」

說完，將一個杯子遞給志堂。

「謝謝。」

志堂慎重地接下茶杯。她一向很規矩地等沸水降到七十度才沖泡，茶杯摸起來不怎麼燙。

「算了，並不重要……對了。」

志堂指著地圖東方。

「這裡怎麼有幾個孤零零的節點？為何要掌控這些深山中的節點？」

遠離關西地方，在白山、御嶽、淺間山等火山群周邊的節點被掌控了。那些節點比起同盟在關西拓展的領土，規模遠小得多，顯得孤立。

「這不是我，是爸爸掌控的節點。」

「圭仁先生嗎？」

「是的，年輕時的爸爸說SuikaNET能用來預測災害，所以控制了火山周邊的節點。這些算是當時的遺產。」

「災害……火山爆發嗎？」

圭葉喝了一口桌上的茶，說：「父親控制的節點範圍比我還小，卻每個都很強固。超過十年沒碰仍能成功獨占。我的節點不去維護的話，幾個月後就會被附近的節點奪走控制權了。」

「喔……」

接著，兩人沉默了一分鐘。志堂盯著漂浮於茶杯中的茶屑，思考該說什麼。

「抱歉問個怪問題……有那樣的父親是什麼感覺？」

「我也不明白。」

「？」

「他經常外出，很少待在京都。偶爾會從旅行地傳送大量資料回來。」

「資料？」

「嗯。只要他對SuikaNET架構或codama語言的規格有新的理解，就會向我報告。自從媽媽死了後他就變成這樣，在我八歲的時候。」

「寄那種東西給八歲的女兒？」

志堂苦笑。

「很好笑嗎？」

圭葉問。鏡面螢幕倒映著她的認真表情。

「就算妳很有才華，這麼做未免也太過度了。」

「但是，父母教孩子生存技能，這不是天經地義的事嗎？」

圭葉的技術在這個站內世界中無疑極為強大，但這樣的能力和「生存」兩字實在難以聯想在一起。志堂略為思考後回答：

「嗯，妳說得沒錯，像我家，也代代都是活體電器技師。離開學校後，也會教如何導入Ｓｕｉｋａ的技術。我的村子以前沒有選擇職業的自由，所以這算是我為了生活所必須的技術吧。」

也許她指的是這種意思吧，志堂想。但另一方面，也覺得正因她的父親擁有過於強大的技術才會被殺。

圭葉重複放大縮小畫面上的日本地圖。彷彿在確認父親遺物的形狀似地。

「那個洞穴部分是火山口？」

志堂指著畫面問。在御嶽山山腰處，有一片全無SuikaNET節點的黑色領域。由比例看來，大約是直徑一公里的圓形範圍。以內陸站孔而言似乎過大了點。

「不，這是出口。上頭不是寫著42號出口嗎？」

「42號？」

「很奇怪對吧？橫濱車站的出口會依生成順序賦予編號，愈小的號碼就該離愈神奈川愈近才對。而這個卻在長野。父親的筆記本也沒提到這件事。」

「也許沒什麼大不了的所以才沒寫。站內很多這種奇妙的狀況啊。例如名為『奈良線舊道』的通道不在奈良卻在京都。」

志堂笑著說。

「關於橫濱車站的出口號碼是流水號這件事……志堂，」

圭葉表情認真地說：

「暗示著在這個車站結構中，有統率整體的中樞存在的事實喔。假如各地車站出口取得編號是隨機的，一定會有重複的號碼。」

「中樞……」

「用人來比喻的話，就像腦或心臟吧。換句話說，關於車站結構究竟是類似植物的局部模組集合體，還是和動物一樣分化為中樞與末端，這種奇妙出口的產生，或許能成為關鍵提示吧。」

「原來如此。」志堂點頭，說：「所以妳最終打算去控制那個中樞吧。如此一來，就能控制橫濱車站整體。」

「你認為如此？」

不知為何，圭葉露出略顯寂寞的臉說。

這天是志堂最後一次與圭葉見面。因此，他每想起圭葉時，總會聯想到那副寂寞的表情。

8

命運時刻在志堂完成大阪的出差任務，踏上歸途時來臨了。圭葉捎來緊急聯絡。之前志堂聽圭葉說過能利用ＳｕｉｋａＮＥＴ進行長程語音通訊，但實際用這種方式聯絡這是第一次。志堂有滿滿的不好預感。

『別回京都。狀況很危險。盡可能遠離。』

她說。聲調和平常一樣冷靜，但隱約能聽到短促的呼吸聲。

「遠離？什麼意思？遠離哪裡？」

『遠離橫濱車站。』

「……這種事辦不到的。發生什麼事了？」

『自動驗票機失去控制了。我們所有人的Suika特性反應全面失常。我猜是被認定為不當用戶了。連媽媽也被自動驗票機帶走了。』

「戻女士嗎？她不是完全沒有參與過同盟的活動？」

『總之盡可能逃離橫濱車站吧。我會盡量找出對策，在那之前請先努力活下去。』

說完，圭葉結束通話。那就是截至目前為止，志堂和圭葉的最後一次對話。

很快地，志堂的Suika帳號再也無法連上網路，一群自動驗票機現身將他逮捕，拋出大阪灣的海岸。

淡路島仍未完全橫濱車站化，大阪灣裡有一群非Suika用戶的海盜以淡路島為據點活動。志堂被他們綁架，當作勞動力賣到四國本島。他在有自然地面裸露的道路上被顛簸搖晃的汽車載運著，送到高松港口進行土木工程。

知識上雖明白建築物在外頭的世界是由人類所建造的，若只當成知識會覺得很有異國情調，很有魅力，但實際輪到自己來建造的話，只感覺到充滿痛苦。身為工頭的男人經常用棒子毆打志堂。被毆打也是未曾有過的體驗，比起肉體上的痛苦，精神上更為難受。

之後，他趁著其他人不注意，奪走小艇逃到海上，最終抵達這座有站胞分離體的小島。雖然四國本島也知道這座島的存在，但因為分離體的造型太過毛骨悚然，使得這裡被視為比站內更不吉利之處，沒人敢靠近。他在這裡找到棄置的貨櫃屋，就這樣住了下來，直到今天。

圭葉或同盟其他成員如今怎麼了，他一概不知。

◆

「……為什麼被放逐了？」

志堂的故事突然劃下句點。海昆黛麗琪緩緩地問，他茫然低頭，回答：

「我也不知道。最後感覺一瞬間就結束了。總覺得像是從很長的夢中醒來一樣。我原本一直在偏鄉小村落生活，不由得想，究竟從哪裡開始是夢境。真的有菸管同盟這個組織嗎？圭葉這個人實際存在嗎？說不定從我被放逐出村子起都只是我的幻想。但被自動驗票機追捕，逃亡，見到瀨戶內海的瞬間，我才體認到這一切都是現實。」

「我想問的是，為何你們全體都被認定為Ｓｕｉｋａ不當用戶這件事。」

「在我所知範圍內，自動驗票機就算會放逐有不當行為的個人，也不會放逐整個團體。」

志堂說。

在JR北日本長期收集關於站內的情報，也沒聽說這種例子。首先，「組織」是個非常非物質性的概念，能一一挑選出成員實施放逐，表示橫濱車站具有能掌握居民人際關係的機能。這是個極為恐怖的假設。

但對這名男子說這些也沒用。

「結果而言，那位女性想做什麼？」

海昆黛麗琪問。外頭又開始下起大雨，挑起不安的雨聲滲入隔音性低的貨櫃屋裡。

「我也覺得很不可思議。我從同盟成立到瓦解的那段期間一直和圭葉在一起，但那孩子從來沒說過她的目的。雖然其他成員老是在說什麼為了讓人類從橫濱車站的統治解放，但我認為她不是會這麼想的人。」

這是他明顯得到的感想。圭葉的技術力比他的父親更強，卻沒想過要實施改造橫濱車站整體經濟之類廣範圍的、長期的計畫。她單純只收集為了處理迫在眉睫的事所必要的資料。志堂能在同盟中擁有第二把交椅的地位，恐怕也只因他湊巧是最早拜訪圭葉家的人吧。

「但在被趕出橫濱車站後，我開始明白了。那孩子只是想保護自己而已。父親在京都的各大組織明爭暗鬥下犧牲了，使她體認到自動驗票機的統治不足以保護她與家人。於是，她所試圖做的必要最低限度的自我防衛，就是將整個都市都納入自己的控制之下。」

「但結果說來，卻使得她被橫濱車站本身視為敵人了。」

「嗯。所以圭葉現在一定躲在某處，企圖打倒橫濱車站本身吧。對現在的她而言，那變得有必要了。」

志堂表情認真地說，海昆黛麗琪忍不住想笑。幸好她不會那麼高度的表情，只有臉頰和鼻子扭曲成奇妙的形狀。

「不管擁有多麼高度的ＳｕｉｋａＮＥＴ干擾技術，也無法破壞車站吧？只靠軟體的知識，無法破壞硬體。」

更何況是只靠個人的力量。連ＪＲ北日本如此龐大的組織，傾全力也只能將橫濱車站阻擋在青函隧道前。

「吶，其實妳不是四國的孩子吧？」

志堂問海昆黛麗琪。

「妳對網路或自動驗票機很清楚。四國人，尤其是小孩，不可能知道這些事。妳也出身於站內嗎？」

「……不是。」

「能告訴我妳是誰嗎？」

「對不起，我不能這麼做。」

「好吧，抱歉問了這個問題。」

說完，兩人陷入沉默，只有雨聲持續著。

「我有件事想確認一下。」

「嗯。」

「你說那個女生最後在調查火山附近的奇妙出口？」

「嗯。她說是42號出口。」

海昆黛麗琪想，恐怕那就是原因吧。她在調查那個出口的期間，接觸了不該接觸的事，使得與她有關的人們一起被放逐出車站外了。

但是，這對志堂而言是過於殘酷的事實。這名男子至今仍相信她「一定會找到對策」這句話。

幾天後，海昆黛麗琪大致完成站胞分離體的資料收集，回到貨櫃屋中，發現志堂高燒不起。他身子原本就很虛弱，但狀況變得這麼糟卻是第一次。他痛苦地喃喃自語：

「仔細想來，我的人生就是不斷地被放逐，看來現在我要從人生被放逐出去了。」

「別說話了。這裡有水，喝點吧。」

海昆黛麗琪急得像熱鍋上的螞蟻。雖然輔助記憶體中收錄了大部分能派上用場的醫學知識，但海昆黛麗琪完全沒想到會在站內任務中派上用場，幾乎沒閱覽過。因此她現在得重新閱讀這些知識，使之固定在主記憶之中。這種狀態就像只能靠著厚重的說明書來操作首次接觸的機械一樣。

海昆黛麗琪不由得想，換成是薩瑪雲克魯一定能完美地解決吧。自己也多次覺得不該去思考這種事，還是忍不住。總之先搜尋了相關症狀，提出自己的看法：

「應該是細胞性的感染。而且是透過昆蟲或鳥類傳染的類型。因為這座島上只有一個人類。」

志堂意識朦朧地以眼神表示同意。

「你的症狀和某些疾病的特徵符合，但這個島上所能採集的事物都無法製造這些疾病的特效藥。那棟建築產生的物質也沒辦法派上用場。」

聽她說完，志堂笑了。

「這樣啊。嗯……我想也是。」

略為沉默後，說：

「謝謝妳，黛麗琪。久違能和其他人談話，我很開心。」

說完，喝了點水，意識逐漸模糊。

海昆黛麗琪悶不吭聲。她呼叫出輔助記憶體的知識，施以所有可能的感染症的一般對症治療法。之後，她想著自己為何要照顧這個人？明明她原本只是為了在調查分離體時不被懷疑，才裝成從四國逃過來的少女。

進行完大致治療後，海昆黛麗琪坐在離被窩一段距離處，低聲說道：

「我想你已經聽不到了，但還是說說我自己的事吧。」

確認志堂沒有反應後，接著說：

「我是JR北日本派遣的諜報員。外表仿人類，但身體全由機械製成。

我們總公司為了防止橫濱車站擴散到我們的土地，一直奮戰至今。在漫長的歷史中，技術逐漸發達，現在已經開發出能破壞車站結構的武器以及能跨越到車站另一頭的仿生人諜報員了。我的同伴目前潛入站內各地，尋找能夠阻止橫濱車站的方法。而我自己也是為了這項任務才來到這裡。

但不管怎麼做，似乎都沒有完結的一天。結構遺傳界持續進化，人類的技術愈進步，資源消費也會增加，很快就會變得無計可施吧。技術部和其他部門的關係也因此惡化。」

說到這裡，海昆黛麗琪停頓一下，略為思索，接著說：

「正因為我有著這樣的身世，所以我不曾想守護自己。因為我的出生有著明確目的。生存只是我執行任務的手段。但生物並不如此。因為對生物而言，生存本身即是目的，所以生物才能在地球存在幾十億年吧。我們與你們，究竟哪邊才是比較好的呢？」

「……啊啊。」

志堂嘴巴蠕動。海昆黛麗琪停止說話。

「啊啊……圭葉，妳現在在哪？好想見妳啊……」

似乎在囈語。

第二天早上，海昆黛麗琪趁著日出把推上山丘的木筏運送到島的南岸，推入水中。站胞分離體的資料已收集完成，為了去除ＳｕｉｋａＮＥＴ的免疫記憶的時間也很充分，如今她已沒有任何留在這個島上的理由。接下來她要登上四國本島，調查沿著瀨戶大橋增殖的車站結構的狀況。自己被賦予特規軀體，不能繼續浪費時間了。

「雖然我想不可能。」

看了一眼志堂沉睡著的貨櫃屋，海昆黛麗琪說。發燒大致退了，海昆黛麗琪放了一些水和食物在他身邊，之後他應該能自救吧。

「……不過我的猜想通常會落空。祝你能與她重逢。」

漂流在瀨戶內海的洋流上，海昆黛麗琪思考著人類的祈禱行為究竟具有何種意義。

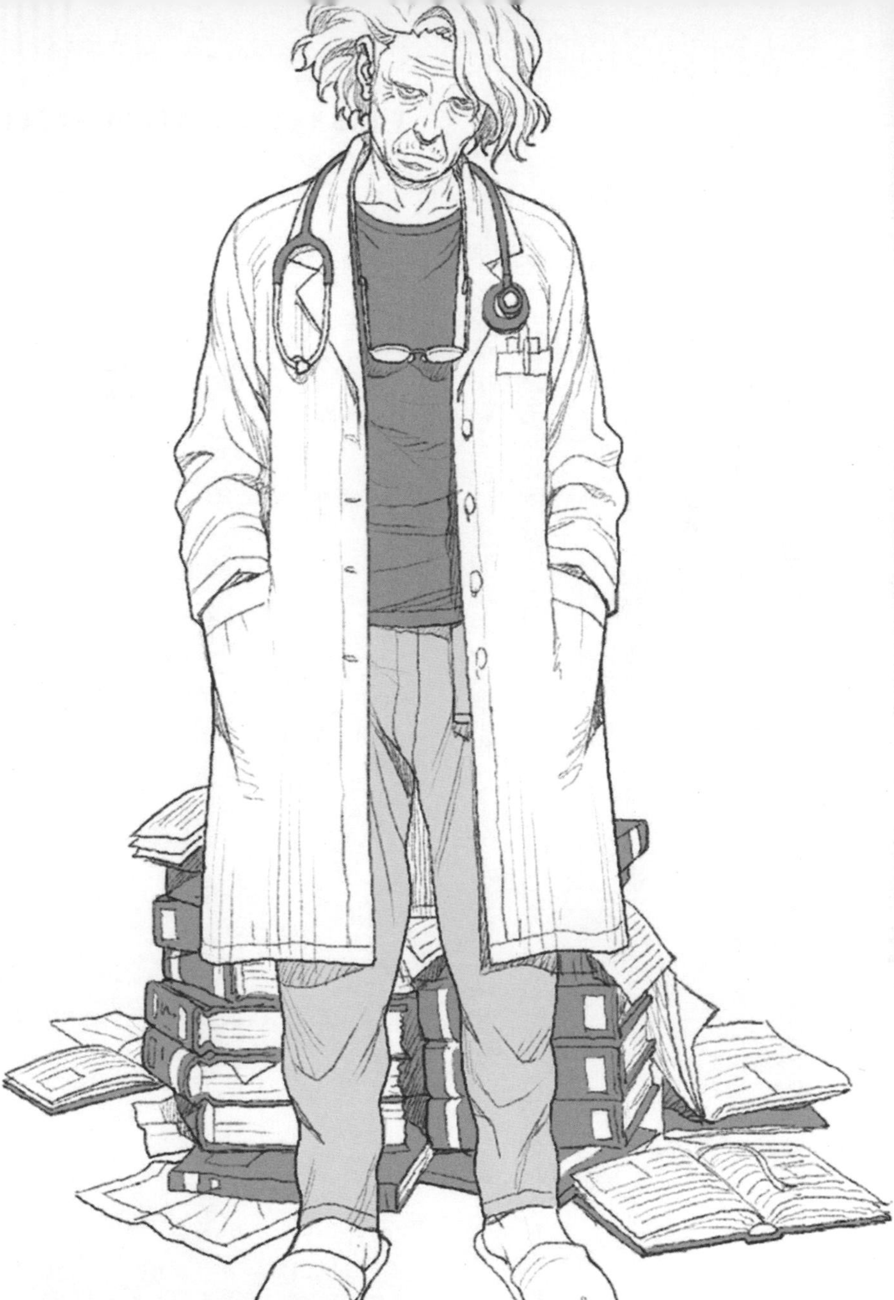

群馬篇

Self-Reproduce ENGINE

1

〈站曆一七八年　群馬西部〉

「藍眼醫生，不得了了，發生大事了。」

住在隔壁、有著一雙金魚眼的青年闖進來，被稱為藍眼醫生的白髮老人嚇了一跳，差點把咖啡杯掉在地上。

橫濱車站生成的房間基本上是當作店家使用的設計，比起人設計的住宅更具開放性。藍眼醫生的診所兼住宅沒有門，只在面對通道處搭起書架，確保最低限度的個人隱私。

「我不是告訴過你要進房間前先敲門嗎？二條。」

「可是醫生，這裡又沒有門。」

「這麼做就好。」

老人說，並敲敲金屬書架背面，青年恍然大悟地用力點了個頭。

「總之現在要發生大事了。所謂的大事，不是要立大業成大事的那個，而是事情很嚴重的意思喔。總之發生大事了。」

「喂喂，冷靜一點。」

「我平常就這個樣子啦。請看一下這邊和這邊。」

說完，被稱為二條的金魚眼青年把筆記型終端機放在藍眼醫生的桌上，翻開螢幕，畫面顯示的是群馬一帶的地圖，正中間標示著代表山區的三角標誌。

「我從一年多前起開始測量南側山地四周Ｓｕｉｋａ ＮＥＴ節點的通訊距離。設置於車站結構各地的節點間的物理距離在這幾天突然變長了。像這樣『咻～』地。」

金魚眼的青年說完，雙手猛力往外伸展開來。房間狹小，手撞到書架，但似乎不怎麼在乎。

「所以你的重點是？」

「這一帶的車站結構正在膨脹。我猜是底層的結構增殖了，所以造成上層部分扭曲。」

用終端機顯示車站內部結構圖，指著下層部分說。

「那是不可能的，二條。」

藍眼老人說。

「這底下是淺間山。是自然界的山脈。不可能像車站結構一樣膨脹。」

「山不會動嗎？」

「當然。俗諺不是說『不動如山』嗎？」

「那就是俗諺錯了。因為山真的在動。」

二條將原本就突出的眼珠子瞪得更大地說。黑瞳周圍的眼白部分全部暴露出來，貌似兩棲類的卵。藍眼醫生用鼻孔呼出一口氣，一臉凝重地說：

「若是如此，恐怕是火山噴發的徵候。」

淺間山是一種層狀火山。同一火山口歷經多次噴發，岩漿沿著斜坡流下，形成層狀自然山地。

散落在本州的這種層狀火山上，容易形成電扶梯和水泥層層堆疊成派皮狀的車站結構。有人認為這是因為結構遺傳界吸收了底下的自然地脈資訊的緣故。

自然山之中海拔最高的富士山會隨著季節移轉一夕變化樣貌，故被當地民眾愛稱為「白富士・黑富士」。淺間山的車站結構切換不像富士山那麼規律，一整年都是熊貓般的黑白相間構造。

藍眼醫生和這名奇妙的金魚眼青年住在淺間山北側斜坡上的某個城鎮。這裡沒特別取鎮名，當地居民稱為「山坡小鎮」。

從這裡往北走，經過名為孀戀的地方，就能抵達前橋或高崎等都市。西邊整片被山脈所覆蓋，因此搭乘電扶梯的遊客往來頻繁。

「所謂的噴發，」二條用雙手做出往上推擠的動作，說：「是『自然山內側像這樣噴射！』的那個嗎？我曾在書本上讀過，但這種現象有那麼頻繁發生嗎？」

「至少這裡被橫濱車站覆蓋後還沒發生過。我也從未聽過車站結構底下的火山會噴發。」

「如果連醫生這麼長壽的人都沒聽過，那肯定是很少見的事。啊啊，能從近距離觀察那種現象，多麼幸運啊！」

「別說這麼不吉利的話。」

藍眼醫生瞪著二條說。在這個斜坡上布滿電扶梯的年代，愈是山區反而愈多旅行者。若真的火山爆發，一場浩劫恐將難以避免。

但若不能得知噴發的確切時間，散布避難消息只會引起恐慌。既然人在電扶梯的行動受到電扶梯的寬度限制，貿然發布不確定的消息，使得人們倉皇逃亡的話，反而可能造成嚴重事故。

「你不是有許多奇妙的技術嗎？應該能處理吧。」

「醫生，您想太多了。我的技術只能干擾ＳｕｉｋａＮＥＴ，操作網路上的消息而已。無法掌控自然火山的噴發啊。」

「我沒要求你這麼做。我是要你透過網路勸告居民預防性疏散，讓他們遠離山邊。」

藍眼醫生說完，二條閉起金魚眼，歪頭思考。

「嗯……我沒控制過那麼廣範圍的節點，而且應該也很花時間。沒做過的事我不敢打包票……不過既然這是醫生您的要求，身為不肖的弟子，我只好盡力而為了。」

藍眼醫生心想，我可不記得收過你當弟子啊。

依據藍眼醫生的理解，二條青年所擁有的ＳｕｉｋａＮＥＴ干擾技術，是對橫濱車站站內世界廣布的網路進行某種干擾，藉以取出資訊，相反地也可以輸入某些消息。

不知為何，二條似乎認為這些技術「多虧藍眼醫生才能學得」。當然，藍眼醫生並沒有這樣的技術。他只是個普通醫生，頂多工作上需要所以常使用網路終端機，但關於電腦知識和一般站內居民沒兩樣。

但是，在和這個講話很吵的年輕人對話的過程中，大致明白了那種技術能辦到什麼事。

「例如說，最近有個火紅的動畫節目。」

「《燒賣君》對吧。我也有看。那是一部名作啊，總有一天會成為站內基礎教育的教材。醫生也該抽空看一下。SuikaNET的基礎是以多數決定制，眾人喜歡看的節目就會不斷擴大，能在這麼短時間擴散到如此廣的範圍實在很了不起。」

二條說。藍眼醫生似乎毫無興趣地說：

「我想問的是，能強佔那個節目的播放時間傳送訊息嗎？」

二條皺著眉頭回答：

「只在這個地區的話不是不行，但就算如此，一週只有一次的話，不適合當成緊急避難訊息。應該採用更直接的通訊手段。」

說完，在筆記型終端機畫面中呼叫出地圖。

「我目前掌控的SuikaNET節點只有這裡到這裡。如果是一對一的郵件，即使在這個範圍外也沒問題，但如果想要即時通訊或竊取他人的通訊，甚至同時對區域內所有人發出廣播的話，只有這個範圍內能辦到。」

他所顯示的地圖大致涵蓋了「山坡小鎮」周圍。這個男子似乎神不知鬼不覺地掌握了當地居民的通訊路徑權限。藍眼不由得回想這陣子是否有傳送過不想被得知內容的通訊，但仔細一想，自己除了跟患者聯絡以外，根本就很少和別人通訊。

「旅行者大多走西側山地，最好能將那邊掌控起來。」

「結構上，SuikaNET地理距離愈遠的愈難掌控。」

「那只好實際跑一趟了。」

「這方法未免太類比了，但事態緊急也沒辦法。只好期待我日後技術能更進步一點吧。」

做出決定後，兩人迅速展開行動。藍眼醫生首先將必要的日用品放入平時出外診療使用的醫事包，接著趁二條則在隔壁房間忙著收拾筆記型終端機和充電器、機器或連接線時，將寫著如下內容的告示貼在面向通道的書架背面。

『發生緊急事件，暫時休診。請注意淺間山的動態。若有異常，請立即下山避難。ES。』

「醫生醫生，這個『ES』是什麼意思？」

「那是『艾迪·島崎』的縮寫。『外國人』有像這樣縮短名字的文化。」

聽醫生這麼說，二條佩服似地點頭。

「不好意思，其實這是我第一次聽說醫生的名字。」

「印象中，我這十年來也沒被人用名字稱呼過。」

藍眼醫生心想，自從妻子去世以後。

2

認識他的人都稱呼他為「藍眼醫生」。一方面是因為他的職業是醫生，另一方面則是因為他有著以站內居民而言極具特色的藍眼睛。藍色眼珠子乃是他有外國人血統的證據。

聽到「外國人」，大部分的居民會抱持著「在橫濱車站外出生的人」的印象。藍眼醫生在到人生某個階段前也這麼認為。實際上這個詞早在橫濱車站誕生前就已存在，用來稱呼基於自然地形區隔或人類彼此的某種共識而形成的「國境」之外的人民。

而藍眼醫生的藍色眼珠，在「外國人」之中似乎是高加索人種的特徵。

「高加索人種，那是指什麼地方的人？」

金魚眼二條曾經如此問過。記得是這名年輕人剛來群馬時問的。

「聽說是遙遠北方的人種。」

「既然叫藍眼，應該是青森（註1）吧？再不然就是站外，像是北海道之類。」

「我也不是很清楚，聽說比這些地方還要更北。」

藍眼醫生回答。過去至今，他和初次見面的人這種對話不知進行過幾十次。然而，他對自己的出身其實沒有太大興趣。

「比北海道更北的地方！這個世界居然這麼廣大。所以往南的話，也會有紅眼人種嗎？醫生。」

二條說，藍眼醫生搖頭。

「人類之所以有黑眼睛，是因為我們在陽光底下逐漸進化而來的。」

藍眼醫生從書架上取出解剖學書籍，讓二條確認眼珠的剖面圖。他的藏書大多為印刷品。站內擁有這類物品的人非常少。印刷書籍在站內幾乎不存在，這是他繼承自父親的遺產。

「眼球構造如同這張圖所示。大部分的人虹膜部分是黑的。這是因為要遮蔽光線。」

「什麼，眼球要遮蔽光線嗎！醫生，這不是本末顛倒嗎？」

「這表示陽光就是如此強烈啊。為了替在太陽底下生活的人們遮蔽過於強烈的陽光，才會演化成黑色眼珠。高加索人種住在極北大地，陽光不強，因此演化成藍眼睛。」

「所以說，我們站內居民總有一天也會變成像醫生這樣的藍眼睛嗎？」

「或許吧。」

「所以說，醫生算是進化版的站內人吧。真不愧是醫生！」

二條恍然大悟地拍響手掌。

「小聲一點，會吵到隔壁。」

說完，藍眼醫生看向通道，二條略為壓低聲音說：

「抱歉抱歉。如果我繼續大聲下去，說不定醫生會長出能遮蔽聲音的耳朵呢。」

「那是不可能的。所謂的進化必須經過世代交替才能實現。透過淘汰適應力差的個體，只留下強者的物競天擇方式，才能使物種進化。」

說完，藍眼醫生端著咖啡杯，用他藍色的眼珠看著遠方。說是遠方，其實也只是被書架圍繞的自宅牆壁。

說有高加索血統，其實也已是好幾代前的祖先，基因之中幾乎不存在該人種的痕跡了。一旦閉上很有特色的藍眼睛，臉孔與一般日本人幾乎沒兩樣。

註1　「藍眼」原文寫為「青目」。

年過六十，頭髮依然茂密，髮色卻已褪去，彷彿生成到一半的車站結構體般蒼白。臉上刻劃了象徵過去人生辛勞的深刻皺紋，若能去掉皺紋，容貌可說相當俊美，年輕時想必是名美男子吧。但也因此，那雙眼睛給人破壞整體協調感的印象。

雖然現在身為醫生獲得了社會地位，所以被人帶著敬意稱呼為「藍眼醫生」，但對少年時代的他而言，「藍眼」是自己的基因混入異物的象徵，實際上他也依稀記得自己曾受過其他居民的歧視。

那時橫濱車站仍未完全覆蓋本州，北端臨界線位於岩手附近。他也依稀記得當時站內居民熱烈討論如果臨界線抵達海峽的話是否會登陸北海道，而JR北日本又會做出何種對應等問題。另一方面，也有學者討論因地區隔離所造成的基因均一化的問題。

所謂的均一化，是指因為車站結構的影響，人類的遷移變少，遺傳的交流也減少，使得地區的群體內部的複雜性愈來愈少，逐漸趨於單一的意思。

當時的他在聽到這些討論，愈來愈覺得自己擁有的藍眼珠像是均一化的小小世界中的雜質。

「原來如此，世代交替啊。」

二條說。

「是的，這話題已與我無關了。雖然十多年前我也有妻子。」

藍眼醫生說，指著放在書架最深處的小小塑膠相框。在褪色照片上的，是一名四十歲前後的女性。

「嗯，我在故鄉也有即將屆七的女兒。」

二條說。藍眼醫生差點噴出口中的咖啡。

「醫生，您怎麼了？」二條說：「七是指歲數喔。不是有七個的意思喔。我再怎麼打拚也賺不了七人份的Ｓｕｉｋａ導入資金啊。」

「我知道。你拋下七歲女兒來這種地方啊？」

「醫生，您怎麼會嫌棄這裡是『這種地方』呢？平常不是都誇獎這裡是個安和樂利的好地方嗎？」

「你沒想過自己身為父親的義務嗎？」

「醫生就有想過嗎？」

被人這麼反駁，他無話可說。

「我已經盡了導入Ｓｕｉｋａ這個身為父母的第一義務。京都有句俗諺，呃……是什麼來著？『沒有父母……』」

「『沒有父母，只要有Ｓｕｉｋａ，孩子也能成長茁壯』，是吧？」

「這裡也有這句俗諺嗎！橫濱車站果然有均一性文化。」

二條的眼珠骨碌碌地轉動，感慨很深地點頭。藍眼醫生不由得嘆氣。

他很少和人說這麼多話，更少因閒談就感到疲累。

二條似乎是從橫濱車站中位於遙遠西方、名為京都的都市來的。藍眼醫生想，果然即使言語能通，和外地人對話的感覺就是不太一樣啊。

雖說如此，這男人的SuikaNET技術是貨真價實的。

SuikaNET是伴隨著車站結構增殖自然產生的網路，因此幾乎沒人知曉通訊協定的細節，只能透過同時生長出來的終端機進行聯絡。藍眼醫生以前為了和患者聯絡，必須走到離自家幾分鐘距離的站內賣店終端機才能進行。

但這個叫二條的男人嚷著說：

「只要進行Suika認證，醫生就能用自家終端機連上SuikaNET喔。」

說完，乾淨俐落地幫忙進行設定。多虧他的幫忙，藍眼醫生工作變得更有效率了。

正因有過這段小插曲，藍眼醫生才會覺得這名年輕人（雖然個性有點問題，至少技術上）可以信任。所以這次他從SuikaNET的觀測結果推測「山脈在動」時，藍眼醫生也輕易地接受他的說詞，並預測火山即將噴發。

淺間山西側行人一向很多。山坡上生成的電扶梯上的人潮，彷彿山岳信仰的朝聖者隊列般絡繹不絕。雖然到處可見「請勿在電扶梯上行走」的標語，但幾乎所有電扶梯的右側都為了供人行走而空著。

自動驗票機有時會搭乘電扶梯移動。這時，寬度約為人的兩倍的機體會將電扶梯整格擋住，人類當然無法越過它往前走，後方的人就會自動排成兩列。

就像這樣，藍眼醫生和二條兩人並排在這樣的隊列中，朝著淺間山山頂前進。上面四階處有自動驗票機，扁平的頭部左右轉動，確認四周的模樣。

在這個橫濱車站在本州蔓延、電扶梯成為主要交通幹道的時代，長野一帶沿著山脈形成許多小型都市群。連結這些都市群與關東平原的主要路線之一，就是這個淺間山西側斜坡。先搭乘電扶梯來到山頂附近，接著搭乘通往目的地的電扶梯的話，便能前往想去之處。

由於二條說：「我在群馬這裡是外來者，單獨做出奇怪行動的話容易被站員們懷疑，有在本地享譽盛名的醫生陪同，行動自由度會高了不少。」藍眼醫生也跟著一起來了。然而現場有這麼多人的話，和他同樣鬼鬼祟祟的傢伙多如牛毛。只要不真的做出極可疑的事，應該就沒問題。

只是，無顧於藍眼醫生的複雜心情，二條捧著箱子，眼珠子骨碌碌地觀察周圍地形，彷彿醫師在確認人體臟器位置般。如果是他的話，或許能看見ＳｕｉｋａＮＥＴ節點（若照他的稱呼法）埋設在車站結構的何處吧。雖然在藍眼醫生眼裡，這片電扶梯海只像是毫無秩序地流動的黑色河川。

為了調整斜度而生成的平台上，侷促地坐著幾名販賣員，販賣火車便當及其他日用品。也有站員正在怒吼無許可證的私貨商。以及好不容易找好地方休息，卻被我行我素的自動驗票機推開，只能悻悻然退離的人。

「萬一火山真的噴發，這條通道也得封鎖。」

藍眼醫生壓低聲音說。

「沒錯。我正在思考封鎖方法。如果能控制自動驗票機進行封鎖是最好的，但現在的我並沒有這種技術，只能透過ＳｕｉｋａＮＥＴ在這附近的電子告示板……」

二條用宏亮的嗓音說。聽到他的言論，其他人無不詫異地望向他們。也許是以前診療過的病患，當中一名中年女性發現二條身旁的藍眼醫生，向他點頭招呼，藍眼醫生也回禮。

一旁的自動驗票機對對話內容毫無興趣，或許根本無法理解，照樣不斷轉動細長脖子監視周遭。藍眼醫生不禁擔心哪天螺絲鬆了，那顆頭會直接掉下來。

兩人接近山頂附近，沒有天花板的場所逐漸增加。是熊貓般黑白相間的黑色部分。現在是陰天，看不見蔚藍穹頂，不過暫時還不會下雨。一旦下雨，周邊交通會被封鎖，就得繞一大段遠路了。

關於自動驗票機是否能理解人類的語言，對站內知識分子而言也是個謎。它們雖能用女性語音發出人類語言，但那只是機械唸出事先輸入的詞句而已。

當有人做出違反站內規定的行動，自動驗票機會馬上認定該名人物為Ｓｕｉｋａ不當用戶，並將之從站內排除。它們的行動基本上只有這樣，因此沒有必要理解人語。

問題是，所謂的站內規定並不怎麼嚴密。例如有條規定是「在站內對居民實施暴力行為者會被放逐」，但居民們也不明白要到何種程度才算暴力行為，因為沒有統計數據作為驗證。

「不聽父母或老師的話，自動驗票機都會記錄下來喔」聽說有學校這樣嚇唬學童。真假姑且不論，肯定很有教育效果吧。

也有宗教家宣稱「人的一生所有行為都會被記錄在Ｓｕｉｋａ上。死後，冥界的自動驗票機會根據這些紀錄進行審判，決定誰能上天堂，誰該下地獄」。藍眼醫生想，用這種教義來增加信徒想必很有效果吧。

「至少位置資訊會被記錄下來喔。」

二條說。兩人在山頂附近能見到天空處停下來休息，順便享用火車便當。

來到淺間山山頂附近時，地面的小塊隆起上到處可見裸露的自然地面，形成小型站孔。目前山的動靜和平常無異。

「正確而言，是位置資訊的紀錄會累積，只要用自己的Ｓｕｉｋａ進行認證就能檢視。這個很簡單，學會操作方法的話，連醫生也能辦到。」

「完全沒聽說過這件事。」

「很正常，關於Ｓｕｉｋａ的詳細規格目前仍有許多不明之處，也沒有規格書留下來。」

「規格書？」藍眼醫生吃著醬烤饅頭說：「有那種東西啊？」

「聽說初期的時代存在過。至少Ｓｕｉｋａ某種程度是由人類設計的。」

「這我知道。」

至少醫學歷史上一次都沒出現過關於人體的規格書。人類所擁有的醫學知識全都靠著解剖和觀察累積而來。

「這是我的位置資訊紀錄。您要看看嗎？」

說完，在終端機的黑畫面中輸入一些指令，呼叫出一個視窗，顯示本州全域地圖。

「這是我出生至今的行動紀錄。不對，應該是從植入Ｓｕｉｋａ後開始算，所以是二十多年來的軌跡。」

說完，地圖上顯示出綠色曲線。起點在京都中心地帶，孩提時期遊蕩於近畿與中國地區，二十歲後主要在京都安定下來，最近（多半是女兒屆滿六歲時起）開始往東方發展，最後抵達群馬。

「移動範圍真廣大。」

「年輕時去過一趟岡山給了我很多刺激。瀨戶大橋附近的車站結構剛形成不久，十分零碎，很容易找到裸露的ＳｕｉｋａＮＥＴ節點。裸露的話，要做什麼都很容易。」

說完，二條將終端機轉了一圈，交給藍眼醫生。

「也來看看醫生的履歷吧。只要觸控這裡，進行Ｓｕｉｋａ認證，然後輸入這段指令就好。」

藍眼照著指示輸入文字，視窗顯示出來的並非日本全域地圖，而是某個山區的等高線圖。他的人生雖有二條的近三倍左右，所走過的區域卻不足二條的十分之一。

「哇哈哈，醫生的行動範圍好狹隘喔。」

二條得意地揚起嘴角。

被人這麼一說，藍眼醫生才發現自己真的從來沒有離開過群馬。像現在這樣繞著淺間山走，在他的人生之中已像是一場小旅行。一方面是由於工作，藍眼無法長期離開家中，但更重要的是，他對於去這個世界——被稱為橫濱車站的這整座超巨大建築——內部的其他場所並沒有太大的興趣。

去旅行的話，或許能遇到一些有趣的人物吧。但他自己本身就很有名，很多人會主動來見他，所以也沒必要特別去探訪。

一年多前，這個叫二條的凸眼青年來到群馬。

在這個人來人往的淺間山上，有外地人長期居留並不奇怪。聽說這裡住了個藍眼人的消息，特地來造訪的人也不少。

但難得的是，這位名為二條的青年來拜訪藍眼醫生的目的並非他奇特的相貌，也非他的醫術，而是他所擁有的語言知識。

站內各地都有隨著增殖而生成的導覽板，上頭標示多種文字。在漢字的地名底下，通常會附記小小的字母。像底下這樣：

「前橋　Maebashi」
「高崎　Takasaki」
「太田　Ota」

多觀察幾個看板，並仔細觀察那些字母的話，會發現後面的字母共有二十四種。接著，會發現那些字母用來表現地名的發音，例如「a」對應的是日語母音「あ」，最後便能歸納出一個羅馬拼音表。

此外，離「前橋　Maebashi」這個看板一段距離處，有寫著「往前橋　for Maebashi」的看板，應該任何人都能發現「for」意味著「往」吧。但是，如果是對英文字母有理解的人，應該會發現上頭的拼音表中並沒有「fo」這種拼法，也沒有單獨存在的「r」。

如果是觀察力敏銳的居民，恐怕已經發現在這個站內世界生成的導覽板中，其實存在著兩種不同的語言體系。但是，接下來想要有更進一步的認識並不容易，因為資料太少了。

「那是一種叫做英語的語言。」

藍眼醫生說明。這是有著如金魚般眼球突出，且說話如連珠砲的二條青年出現於淺間山西側拜訪藍眼醫生第一天所發生的事。

「這似乎是高加索人種使用的語言。for是一種介系詞，除了『前往……』以外，還有其他多種意思，要透過文脈來判斷。」

「喔喔～」

說完，二條把這段話的內容輸入筆電型終端機儲存起來。

藍眼醫生的藏書中，有一些是「英語」書籍。有的是解說英語文法的辭典，有些是直接用英語寫成的書本。大多都嚴重泛黃，甚至有的連打開書頁都有困難。

他憑著母親教導的知識，當做是醫生工作閒暇之餘的益智遊戲來閱讀這些書籍。

「抱歉，容我整理一下資訊。您的父親有高加索人種血統，但教導您英語的是令堂，是這樣嗎？」

「是的。家父很早就過世了。我幾乎沒有和他說過話的記憶。」

聽他這樣回答，二條露出大感意外的表情。

「可是醫生，您剛才不是說英語是高加索人種的語言嗎？」

「嗯。」

「所以，語言不會受到基因限制囉？」

「……？」

「我聽說以前的人們會因地區差異而說不同語言，原來那不是受到基因差異的影響啊。」

「當然。語言是人類後天獲得的能力。即使是日本人，只要在非日語的環境中成長，也能學得當地語言。」

「原來如此，這可真是個盲點啊。」

二條開心地說。

「不過，車站結構會記住這種語言，就表示車站擴張前的日本並存著日語和高加索人種的語言吧。」

「確實有這個可能性。」

「如此看來，導覽板上的文字尺寸或許顯示著人種的比例吧。但問題來了，今日我們幾乎看不到像醫生這般繼承了高加索人種血統的人們。這些人究竟去哪了？」

「這我也不明白。」

藍眼醫生回答。

在車站結構覆蓋本州以前，日本經歷過漫長戰爭，但是關於這場戰爭卻沒有留下太多線索。各國出動衛星武器和戰鬥機械人爭奪領土，佔領軍和難民的隊列宛如長蛇。那是一個衝突的年代。

「好吧，我明白這個 for 是介系詞了。但是，這段話究竟又代表什麼意義？」

說完，二條請藍眼醫生確認終端機畫面。黑色畫面中，以綠色文字寫著下列文字。

```
for (header in purgedHeaders) {
    preparedRequest.headers.pop(header)
}
```

「這是什麼？」藍眼醫生皺起白色眉毛，說：「至少英語文章中不會用這樣的符號。不對，用是會用，但不會這樣使用。」

「那麼，這有可能是不同於高加索人種語言的另外一種語言囉？」

「這究竟是什麼文章？」

「我自己也想知道。」

說完，二條向上捲動畫面。最上頭那行寫著：

#!/user/bin/env codama

「這篇文章是我在ＳｕｉｋａＮＥＴ上取得的。以前在瀨戶大橋那一帶……啊，瀨戶大橋是由京都西邊的超巨大通道，網路節點暴露在外頭，能輕易取出內部資料，所以我就擅自借用了。如果我的想法正確，這是控制ＳｕｉｋａＮＥＴ的語言。只要能解讀這個，最終一定能控制網路通訊，不，甚至能控制自動驗票機的行動。」

藍眼醫生想，又來一個怪胎。

每年大約會有一兩個這種古怪的技術人員風貌的男人來造訪藍眼醫生。他們通常會宣稱自己發明了什麼（自以為）偉大的發明，為了讓這些發明能普及，希望藍眼醫生能贊助。這些人肯定認為他身為地方名士且是醫生，Ｓｕｉｋａ帳戶裡肯定有很多錢吧。

但二條卻未提起出資的問題，而是表示想知道他帶來的文章的意義。

「class 是什麼意思？」

「『學年』或『課堂』的意思。」

「原來如此。所以 class Connection 是指『同學間的交流』吧。那麼醫生，這個

import 又是什麼？」

「『輸入』。從國外購買物資。」

「所以這篇文章應該自日本仍與外國交易的時代就已存在。既然是用外國話寫成的，這麼推測算是合情合理吧。」

就這樣，藍眼醫生進行連他自己也沒把握的解說後，二條基於他的解說來推敲語意，逐步解讀文章。藍眼醫生雖然不認為自己的知識能幫上忙，這名青年卻不以為意。

就在兩人的討論中，有病患來做定期健檢，藍眼醫生便從書架上取出（書況最好的）辭典交給二條。

「剩下的疑問就自己查吧。這是我家人的遺物，不能出讓，但借你在這裡查詢的話倒是無妨。查完那篇莫名其妙的文章後就還我吧。」

「真的可以嗎。」

二條將原本就碩大的眼睛瞪得更大，深深地鞠躬。

但藍眼醫生沒料到的是，二條帶來的那篇奇妙文章是超越數萬行的超大作。從此之後，他就一直滯留在「山坡小鎮」不走了。

二條在藍眼醫生家旁邊最近剛形成的狹窄倉庫住下來。房間有一扇從一開始就生鏽的金屬門，內部潮濕且陰暗，連當成物品堆放處也不適合。

他平時埋首在此解讀文章，不管是有所進展或遇到瓶頸時，不論晝夜，總會絮絮叨叨地唸個不停。諸如「我明白了！我明白了！」或「這真是好困難啊」、「又來了，segmentation 又 fault 了。這沒救了啊。」

藍眼醫生的自宅也兼作為診所使用，不久之後，病床上的病患開始向醫生抱怨：「隔壁經常傳來恐怖的鬼魂呻吟。」藍眼醫生想，雖然隔壁住的百分之百是活人，但也因為是活人，反而比鬼更麻煩。

5

淺間山從山麓到山頂完整被橫濱車站包覆，除了在凹陷或突起處生成的小型站孔外，形成典型的層狀火山式橫濱車站結構。

火山口直徑達五百公尺，周邊首先覆蓋著聯絡通道，以此為基礎，不斷往上追加階層，最後形成籃狀竹編工藝品般的巨蛋結構覆蓋在火山口上。這些聯絡通道氣密性不佳，內部飄盪著硫化氫的臭味。

若橫濱車站完全堵住火山口的話，會使內部壓力過高，引起蒸氣爆發。雖不清楚車站是否理解這個道理，總之巧妙地形成了這種能讓減輕壓力的籠狀結構。

這裡沒有觀光客。淺間山徹底只是個交通要衝，沒人特地登上火山口參觀。不知是誰決定的，覆蓋在車站結構下的日本山脈向來會被區分為「交通用」和「登山用」。

「先在此地設置定點干擾天線吧。」

說完，二條從背包中拿出巴掌大小的終端機，在腳邊找到適當插座，插入充電電線。「嗶」終端機畫面亮起，顯示「啟動中」訊息。然後打開筆記型終端機，喀噠喀噠依照一定的節奏輸入一些指令後，終端機畫面顯示「設定完成」。

「只要能明白巨蛋結構的彎曲率，某種程度就能測量火山口內側的壓力。這台終端機會從這裡持續發出干擾電波，讓這一帶的SuikaNET依照我的指示動作。」

「聽起來就像讓子一樣嘛。」

「讓子？」

「知道圍棋嗎？初學者在和高段者對局時，作為一種讓步的方法，會讓初學者先放子，能讓他較易取得讓子周邊的領地。」

藍眼醫生說。二條一臉佩服地點頭。

「喔喔，好傳神的形容。真不愧是醫生！好，就把這個叫做『讓子』吧。」

說完，二條取出一張紙，用筆寫下一段話，墊在「讓子」底下。

『本裝置基於調查目的設置，請勿觸碰。2K』

「這個『2K』是什麼意思？」

「我的名字的縮寫。我是二條圭仁（Nijou Keijin），所以是2K。」

藍眼醫生想，若照拼音的話NK才對吧，但沒說出口。

「你那樣寫恐怕沒有效，讓我來。」

藍眼醫生取出紅筆，在另一張紙上這麼寫：

『本終端機由車站結構在此生成。任意搬動會被視為破壞車站結構，有被指定為Suika不當用戶之風險。』

「喔喔！太完美了。這樣絕對沒人敢動吧。沒想到醫生除了醫學知識，在狡詐方面的腦袋也很靈光啊。」

「這不是我的點子。我只是很久以前曾看人這麼做過。這就叫『薑是老的辣』。」

「原來如此原來如此！」

二條賊笑回答。

當然，實際上居民也都知道，人力能輕鬆搬動的程度不會被認定為破壞車站結構。這是站內居民之間的常識。但只要這麼寫，就不會有人想挑戰。

設置完成後，兩人從西南側的電扶梯向下。設置作為「讓子」的終端機共五個。藍眼醫生們住的小鎮位於山地北側，因此山頂設置一個，南側設置數個的效果最佳。

南側山地杳無人跡，只有電扶梯的驅動聲和自動驗票機喀鏘喀鏘的行走聲。有時，夾雜在這些聲音中，隱約能聽見遠處傳來「喀鏘、喀唧、哐唧、喀唧……」的沉重聲響。確認時鐘，恰好是每十五分鐘發生一次的頻率。

「不會是開始噴發了吧？」

二條說。語氣凝重，表情卻掩不住欣喜。

「聽起來不像火山噴發……與其說是石塊，更像機械碰撞聲。」

「的確很像，這附近有廢棄場嗎？」

「三年多前我出外診療時曾經過這裡，沒看過那種場所。」

藍眼醫生回答。廢棄場是指自動驗票機的處理設施，超過使用年限的自動驗票機會自行走到該處，接受其他自動驗票機拆解。雖然不是什麼大規模的設施，但在這種山上有可能會幾年之間就長出來嗎？藍眼醫生感到狐疑。

和作為交通要衝的淺間山西側大相逕庭，南側幾乎沒有人潮。這裡並非連結其他都市的最短路徑。車站結構往往會隨著人潮多寡而改變發展狀況，行人稀少的南側，通道也會變少。不僅電扶梯斜坡不夠密集，因電子系統故障而無法通行的地方也不少。一旦發生這種狀況，人潮將會變得更少。這種通道的優化過程被稱為「蟻群優化演算法」。

但是，南側並非毫無會移動的物體。即使不是人口密集地帶，橫濱車站到處都有自動驗票機。有的停駐在平台上，有的則是上上下下搭乘電扶梯。

「明明沒人，這些自動驗票機還真忙啊，醫生。」

二條說。

「記得三年前明明沒這麼多。當時也沒有人潮，自動驗票機幾乎是靜止的。」

「說不定這也是火山噴發的徵候吧。若真是如此，實在是很有意思的現象呢。」

說完，二條嘻嘻地笑了。聽說自然界的鳥獸在即將發生地震前會逃出山林。人類隨著文明化而失去的野性直覺似乎仍殘留在動物身上。

喀鏘、喀唧、哐唧、喀唧。

兩人繼續走在山路，朝下一個「讓子」位置前進，同時也逐漸接近了那道奇妙機械聲。

佇立在原地的話，人類和自動驗票機由遠處看來無甚差異，一旦開始走路，決定性的差別就會顯露出來。

人類要登上狹窄的電扶梯時會先確認前面的人動了才踏出一步，結果就是產生零點幾秒的延遲。

但自動驗票機並沒有這樣的延遲。縱使電子系統或馬達的運作上多少會產生延遲，但延遲程度並沒有大到能讓人類察覺。結果說來，由多架自動驗票機組成的隊列彷彿整體是一台機械般整齊劃一地前進。

「啊！醫生！請看那邊。」

二條叫喊，指著斜坡下方。底下有一台極度古怪的電扶梯。與山坡斜面幾乎呈現垂直的銀色步道指向空無一物的半空。由遠望去，就像一把插在斜坡上的鏈鋸。

電扶梯末端有四架左右的自動驗票機靜止不動地停在那裡。細長脖子連接著顯示幕，背對著兩人的方向，看不見螢幕上顯示著什麼。

不久，有第五架自動驗票機從電扶梯下方的平台登上來。當新的一架抵達上頭，其他四架彷彿被推出一般，各往前走一步。最前方的一架毫不猶豫地朝半空中踏出步伐，理所當然也朝下墜落了。

在空中旋轉墜落的自動驗票機臉部一瞬朝著兩人方向。與平時相同，是由黑底白線組成的笑容。

墜落的山坡上包覆著油氈地板。喀鏘，沉重的聲音響起，然後喀鏘、喀啷、哐啷、喀啷地墜入谷底。

「看見了嗎？醫生。真是不得了啊。」

二條興奮地笑著說。

「那是什麼？跳樓自殺嗎？」

「恐怕是自動驗票機的移動程式害的。它們被設定為彼此保持一定程度的距離，不沿著電扶梯反方向移動。所以在那個狹窄地方累積五架的話，就會有一架往前進，墜落谷底。哎，真是有趣！」

二條大喊。

「既然謎團解決，我們也該前進了。擺設下個讓子的地方就快到了。」

在這台異常電扶梯的最底部，有幾架自動驗票機團團轉。它們恰好每十五分一次的間隔就會登上那台電扶梯，接著就有一架會墜落。

斜坡下方可見到手腳折斷動彈不得的自動驗票機機體大量堆積。其他自動驗票機移動到該處，把碎裂的機體運往某處。相信在它們內部也明確設定了發現被破壞的自動驗票機時該如何行動吧。

程式化的自殺行為。

光想像那種情景就令人渾身不舒服，藍眼醫生在電扶梯上坐下。

「咦？醫生，怎麼了？休息嗎？」

「可以先閉嘴嗎，二條。」

「我明白了，我會暫時閉嘴的。醫生應該是走太多路，累了吧。」

二條以自己的標準壓低聲音說。兩人就這樣被電扶梯運載著，前往下個目的地。

在空無一人的斜坡上響徹著各種單調的聲音。像是自動驗票機的腳步聲、電扶梯的運作聲，以及重複說著「請緊握扶手，站在黃線格中」的廣播聲。每一種都是站內居民自出生以來習以為常、視為背景般存在的聲響。就像滴答作響的鐘聲一般，腦子會主動屏蔽掉這些環境噪音。

當這些聲響從意識之中消去後，只剩一道異於平常的聲音。

「有人在說話。」

藍眼醫生嘟囔。

「是人在講話的聲音。附近有人。」

「咦？那是人聲嗎？」

二條沒注意到。藍眼醫生指著一扇位於電扶梯縫隙間的半開的門，說：

「沒聽到嗎？從那個方向一直傳來某種咕噥聲。聽起來像是個女性。」

「呃，我有聽到，但我以為那是自動驗票機的語音。」

被這麼一說，藍眼醫生也失去自信。他聽到的那道女性語音在聲調上和所有站內居民都很熟悉的自動驗票機語音不怎麼相似，但要說那是人類的嗓音，似乎又略嫌單調了。

那扇門通往一條位於電扶梯下方，沿著等高線水平環繞山地的通道。聲音從內側傳來，離火山口很近，一旦火山開始噴發，這裡肯定會充斥濃煙吧。

在通道中走了一段路後，見到四架自動驗票機面對外側站立。發現藍眼醫生們接近，四架中靠內側的兩架轉頭過來。

『前方為站外區域。再次入場時必須進行Suika認證，敬請注意。』

左右兩邊各兩架靠牆，讓出道路。

橫濱車站中，沒有車站結構的場所必然屬於「站外」。山岳地帶常因地面的凹凸產生無法形成建築的地方，那樣的地方會形成局部性的站外（被稱為站孔）。

但不知為何，有些地帶明明在建築物內，卻被自動驗票機指定為「站外」。這裡就是那樣的地方。

「哇……久違的站外耶。雖然前面仍在建築物中，看起來和這邊毫無差別，總覺得『外頭』的空氣就是不一樣哩。」

二條說。藍眼醫生含糊地點頭。

「醫生去過站外嗎？」

「要進行特殊治療時去過幾次。有種叫『打針』的治療方法，那是一種把細小針頭刺入人體內，將藥劑直接灌入血管裡的療法。這種事情不能在站內進行。」

「為了治療卻要用針刺嗎。總覺得有罪惡感呢。」

說完，二條笑了。

單調語音不知不覺間停止了，兩人繼續前進。通道沿著山的等高線微幅彎曲。愈往深處前進，電燈數量就愈少，環境也愈黑暗，同時傳來一股難以言喻的刺鼻臭味。

來到最深處的盡頭，有間小小的陰暗房間。角落擺設附黑色座墊的長板凳，上面有一團白棉被。

二條走到棉被旁。突然間，棉被發出「啊～啊～嗚～？」彷彿動物的吼叫聲後，滾落到地上。咚地撞上水泥地板，又一聲尖叫。然後，伸出手撐在地上，爬起身來。

那不是棉被，而是人。一頭蓬亂長髮幾乎要垂掛到地上。是個約八、九歲的少女。

少女一見到藍眼醫生和二條，又發出「啊嗚啊～」動物般的叫聲，接著用雙手拍拍藍眼醫生的腰際。

「妳是……剛才的聲音是妳發出的嗎？」

藍眼醫生問。

「啊？」

少女抬頭望著藍眼醫生的臉，接著彷彿覺得人類很稀奇般深感興趣地用雙手用力地抓住他的褲子以及大腿。

「這裡沒有其他人嗎？」

不顧自己的腳被人上下其手，藍眼醫生問道。少女指著兩人來的方向，回答：

「咿～咿～」

「看來這孩子不會說話啊。」

站在背後的二條說。

「妳明白自己的名字嗎？名．字。」

藍眼醫生又問。肥胖的少女拍手，似乎明白了他的問題，接著流暢地唸出：

「偵測不到您的Suika帳號，請您提供Suika帳號或其他可進車站之票卷以供查驗。」

不同於方才動物般的呻吟，是具機械感且平坦的聲音。兩人發現這就是剛才聽到的人聲的真相。

「呃……醫生，看來她應該是被放逐的孩子吧。」

「應該是。」說完，藍眼醫生悲傷地用手遮蓋臉部。「她的父母無法準備導入費用吧。」

二條接著確認房間內部。整個房間籠罩在黑暗中，他開啟終端機的照明功能，指著房間角落的大型垃圾箱。

「那裡應該能撿到東西。」

說完，從三個並排的垃圾箱中，打開寫著「可燃性垃圾」的蓋子。裡頭似乎連到廣大空間，能聽見轟轟風聲。二條把手伸進去，找到一些未開封的麵包或火車便當。

「雖然這裡很狹窄，生活上的必須物資還不少。所以才會長得這麼……」

說完，看了一眼少女。

趁著藍眼醫生嘗試和這名肥胖少女交流的時候，二條翻找房間，在固定於天花板附近的白色管線背後找到一本藏著的手冊。打開一看，上頭用紅筆寫著如下內容：

「四月二日　來到這裡已過了兩個月。這裡能撿到食糧，但是否該說很幸運，我不敢說。目前除了進食以外，無其他可做之事。幸好這裡的垃圾箱不少，會產生糧食的可燃性垃圾箱維持得很乾淨，空罐回收垃圾箱充當廁所使用。目前糧食狀況良好。」

「四月七日　因為太閒，試著對自動驗票機練習飛身踢。意外地只有一架的話能夠打倒，但會被其他三架阻擋，依然無法逃出這裡。試了好幾次後覺得膝蓋很不舒服，只好放棄。」

「四月十五日　想說若能破壞垃圾箱頂蓋的話，或許能鑽進裡頭，實際測試結果，至少徒手完全無法撼動，似乎有多處用螺絲固定了。」

「四月二十九日　從不可燃垃圾中撿到金屬片。或許能當作螺絲起子。糧食：良好。」

「四月三十日　刮掉塗裝後，發現螺牙。一開始還擔心這種行為算不算破壞車站結構，仔細一想，發現自己早就被放逐了，根本用不著擔心這種事，不禁笑了。久違地笑了。」

「四月三十日　螺絲被我搞得崩牙了。思考是否有更好的方法。糧食：良好。」

「五月二日　被破壞的螺牙又恢復了。」

「五月十四日　不清楚現在地點在哪，多半是淺間山南側吧。這裡幾乎不會有人經過。」

「五月十七日　最近一直思考著垃圾箱會通往哪裡。如果能連接到某個寬廣的地方就好了。」

「時鐘的電池用完了，再也無法得知日期。糧食：不佳。」

「人類為何無法一口氣吃下大量糧食，囤積在身體裡呢？」

「自動驗票機帶了一個女孩子來。恐怕不是做了違規的事，而是因為屆滿六歲吧。」

「女孩子幾乎不會說話。就算只有六歲，好歹也能說點話才對。或許出生不久就被父母拋棄了。糧食：短缺。」

「繼續瘦下去，說不定不必拆掉頂蓋，也能鑽進垃圾箱。」

「若當初是被放逐到海邊的話，或許會好一點。但聽說海邊有站外之民的聚落，仔細一想倒也滿可怕的。糧食：危機。」

「我已經被認定為不當用戶，所以無法回歸站內，但這孩子只要有人能幫她植入Suika，就能重新回到站內生活。」

「為防這孩子不小心丟掉這本筆記，先收在高處好了。」

手記到此結束。

「醫生，這該怎麼辦才好？」

二條看著藍眼醫生的臉說，藍眼醫生把臉移開，回答：

「我明白你想說什麼。」

他接著說：「我也看過好幾個這樣的，或者『即將變成這樣』的孩子。只要走到附近的城鎮，隨便找個活體電器技師帶到這裡，支付五十萬毫圓的話，就能讓這孩子離開這裡。但是，這種事是不應該做的。」

「嗯……為什麼不應該？」

二條把頭歪向一邊好幾秒，接著以拳擊掌說：

「我懂了，您的意思是這樣吧。像醫生這種名人，當然有足夠的資金幫助這孩子導入Ｓｕｉｋａ，助她脫離困境。但看到您這樣做的話，其他有孩子的父母會感到不公平，向您抱怨為何只救這孩子卻不救我家的。所以您決定一律不救。」

「二條，拜託你閉嘴吧。」

藍眼醫生瞪著二條說，二條很故意地摀著嘴巴。或許是感覺到兩人氣氛有點僵，肥胖的女孩喊著：「帕～帕～」取出放在長板凳下的甜點麵包袋子，遞給藍眼醫生。

放下少女，沿著原通道回去，剛才那四架自動驗票機一字排開阻擋去路，確認兩人臉部後，中間兩架退回牆邊，讓出通道。

『二條圭仁先生，已確認Suika帳號。感謝您今日使用本站。』

『艾迪・島崎先生，已確認Suika帳號。感謝您今日使用本站。』

相同語音的時機略為錯開，形成令人不舒服的合奏在通道裡久久迴盪。藍眼醫生想：會用名字稱呼我的只有自動驗票機而已啊。

7

經過兩天的徒步之旅，兩人繞了淺間山一圈，設置充分數量的讓子後，回到「山坡小鎮」。

「如此一來，讓子的設置就算大功告成了。只要一有狀況，我會立刻通知您。」

二條說完，又回到藍眼醫生隔壁的房間裡。

之後，暫時度過日復一日的平凡日子。藍眼醫生在自宅替人看診，空閒時間閱讀，時而掛念那名肥胖少女。地震的頻率逐漸減少，二條在隔壁房鬼叫的次數也變少了。

藍眼醫生開始覺得這整件事是二條多心。火山沒爆發當然是最好，但他被二條煽動而離家兩天的事，似乎讓小鎮居民原本對二條已不算好的印象變得更差了。

「藍眼醫生，我們忍無可忍了。」

前來抗議的是小鎮中類似鎮長地位的人物。他先囉哩吧唆地說明如果藍眼醫生不在，鎮上居民會有多麼困擾後，接著說：

「醫生被那個凸眼睛的混蛋騙了。請您趕走那傢伙吧。」

「這個小鎮位於交通要衝，只要有空房，任何人都有住在這裡的權利。」

藍眼醫生語氣嚴峻地拒絕了。但鎮民累積對二條的不滿情緒因而爆發，幾天後，陳情者擠滿藍眼醫生家門前。

「我們是山岳修行者。」

某個自稱如此的女性團體前來。她們穿著傳統的白裝束，袖口寫著「草木國土悉皆成站」。

「我們的修行場原本是在北側山地的站孔，上頭沒有遮蔽，能見到蔚藍穹頂。那裡是難得能沐浴自然界雨露，潔淨身體之處。」

說明完自己的修行內容後，話鋒一轉：

「但是，那個男人突然闖進站孔，嚷著什麼『站孔周邊的SuikaNET受到表面張力的影響，果然密度很高啊』之類莫名奇妙的話。」

藍眼醫生無法想像女人所謂的「修行」是個怎樣景況，但二條打擾她們的模樣倒是很輕易地就浮現腦海。

「抱歉打個岔，為什麼他進入站孔會妨礙妳們的修行？」

「車站的增殖能力奠基於車站的女性性。因此，男性闖入修行場會使站孔混入不純的男性精氣。」

另外，也有一名男子前來抱怨：

「我們的個人通訊被二條竊聽了。」但藍眼醫生記得這個男人以前請二條解決過通訊故障的問題。

這樣的紛擾持續了好幾天，藍眼醫生覺得這樣下去他無法工作也不是辦法，只好來到隔壁的二條的家敲門。

「二條，你在吧？我有事要跟你說。」

說完，逕自推開門，二條看著終端機的畫面回答：

「藍眼醫生，山頂的讓子消失了。」

他的聲音莫名平靜。藍眼醫生想，原來這男人也能發出如此輕柔的聲音啊。

「消失？是電波中斷了嗎？」

「不，是整台終端機消滅了。消失前夕，感測器紀錄到溫度急速上升的訊息。」

說完，二條的終端機的畫面映出畫質粗糙的動畫。

「看，這是頂樓攝影機最後拍到的畫面。」

山頂猛烈地噴出黑煙，幾秒後，一道黑影（多半是火山彈之類）朝鏡頭直線襲來，之後只剩一片黑暗。

「那麼醫生，就麻煩你了。」

二條以異常冷靜的聲音說，並遞出一個東西。內部的振膜暴露在外，似乎是用喇叭改造而成的麥克風。藍眼醫生想，這男人如此冷靜地說話，反而凸顯事態的嚴重性。

「由我來嗎？」

「當然。如果是我說，只會讓原本就很糟糕的評價變得更差。要錄成影片的話儲存空間不夠，用直播的形式吧。請對著那邊的鏡頭說話。五秒後我就要接通了。」

「五秒？」

連驚訝的時間也沒有，二條已經在用手指倒數。

「呃……咳咳。」

藍眼醫生清咳兩聲，從通道兩側的各房間裡傳來「哎呀？」「這不是藍眼醫生嗎？」的驚訝聲音。

「居住在淺間山附近的居民們，現在火山噴發，狀態非常危險，請儘速利用下行電扶梯前往避難，離火山口愈遠愈好。呃……也請各位站員適切地引導年長者或小孩避難。重複一遍。現在……」

自己的聲音延遲一秒後，從走廊的喇叭傳出，在狹小空間中迴響。藍眼醫生想：透過喇叭聽起來，自己的嗓音跟印象截然不同。

「辛苦了。接下來只要適當地標示避難路徑就好。那麼，我們也早點去避難吧。」

「剛剛的廣播會從哪裡播放？」

「只要是吊在天花板上的導覽板，大多都會顯示。沒有顯示幕的地方則直接用喇叭播放音聲。」

說完的瞬間，遠處天花板又傳來似乎有物體墜落其上的聲音。似乎有火山彈掉落在上面。

這個層上方還有多少層的車站結構呢？藍眼醫生想。比自己剛開始住在這裡的時候，相信又增加了不少吧。二條在廣播的時候已經整理好自己的行李，一把抓起立刻出房間。藍眼醫生也跟著他走。前往下行電扶梯前先回自己的房間，瞥了一眼書架上堆積如山的書本後，只抓著放入醫療器具的醫事包就離開。

下行電扶梯前面已經有大批民眾在排隊。

「藍眼醫生！」

「這不是藍眼醫生嗎！剛剛的廣播是真的嗎？」

附近的人們全都聚集過來。

「別慌張，總之先避難……」

話音未落，「轟隆」聲再次響起。上方樓層不厚，聲音比剛才更近。隱約能聽見慘叫聲。

來到開闊的場所，發現天花板被打穿，四處有與自動驗票機大小差不多的熾熱岩石散落。幾乎沒看過自然界的岩石的居民們，露出稀奇眼神觀察拍照。石頭及火山灰紛紛從被打穿的孔洞中落下。

隨著橫濱車站的發達，電扶梯成為主要移動手段後，人口分布不再像人類建造都市的時代一樣集中在平原，而是偏向山區。在車站增殖以前，幾乎沒有人住在火山彈能直擊的地區。

「好像有很多人沒逃出來。」

二條說。站在電扶梯上的他靈巧地打開筆記型終端機，畫面中的地圖到處顯示紅點。受火山噴發影響，車站結構到處崩塌，不知該朝往何方的民眾六神無主地竄逃。

「一顆紅點代表一個人嗎？」

粗略估算起來，少說有上百人被困住。

「嗯。正確而言是代表一個Suika帳號。」

「這麼危險的狀況下，站員們也沒辦法去救助……對了，能讓自動驗票機去嗎？」

「咦？」

「你以前不是曾經誇口說過，只要能控制SuikaNET就能控制自動驗票機的行動。」

「呃，那只是營業用的宣傳詞啦。我頂多能改寫變數或旗標的值，沒辦法植入把人帶往安全場所之類的複雜程式……啊。」

「想到什麼好主意嗎？」

「有是有，但我沒實際用過，不敢保證效果。」

說完，左手抓著終端機，只靠右手輸入指令。

「我會讓自動驗票機的行動演算法的兩種旗標反轉。一個是關於是否擁有Suika的旗標，另一個則是關於移動方向的旗標。平常自動驗票機會把不具有Suika的人趕出站外，只要把這兩個旗標顛倒，就會讓擁有Suika的人遠離站外。現在山頂一帶被火山噴發摧毀，變成站外地帶，所以這樣做應該就能讓它們把來不及逃的居民送到山腳下。雖然只是理論上。」

一邊說明，二條輕輕按下Ｅｎｔｅｒ鍵。

「現在也只能一試了，就做吧。」

「已經完成了，祈禱這個方法能成功吧。」

接著又搭乘電扶梯數小時，總算抵達平地時，底下已聚集大量避難者，亂成一團了。藍眼醫生借用一間診所，替受災者進行診療。許多民眾前往避難時經過無屋頂地帶，吸入了不少火山灰，也有人在倉皇逃難時不小心摔倒。上門看診的民眾一看到他，立刻說：

「這不就是那個人嗎！」

「是廣播的那個人耶。」

聽見騷動，走廊立刻聚滿人群。之後，幾乎每天都得面對多如繁星的患者和看熱鬧的遊客，藍眼醫生終於疲憊不堪。

「請住在周邊地區的醫療從業者前來幫忙。」

做出這個指示後，沉睡了兩天。

一覺醒來，發現自己的海報被貼在站內各處，似乎是將避難廣播的影像直接擷取下來的。

「藍眼醫生在注視著你。敬請遵守站內規則！」

在大大的標語底下，寫著小小的宣導事項：

「致淺間山噴發受災戶：若想獲得醫療及賑災餐點資訊，請洽詢下列單位。」

「橫濱車站西群馬地區站員會　SuikaNET位址：××××-××××」

看來是本地區站員們張貼的。

火山噴發後的這幾天，為了凝聚向心力，藍眼醫生被站員們拱為領導者。即便是未曾實際見過藍眼醫生的居民，見到他極具特色的藍眼珠，也會相信他是超越人類的偉大存在。

「山坡小鎮名醫．藍眼先生如何能預測淺間山噴發、防範浩劫於未然？」

在SuikaNET上流傳著這則可自由瀏覽的解說報導。由於裡頭有提到「讓子」，想必是二條自己寫的吧。在SuikaNET上瀏覽次數愈多的資訊，愈會往周邊區域擴散，因此這則報導一傳十，十傳百，轉眼間藍眼醫生就成了全站名人。

「哇，整塊都被削掉了呢～醫生。」

一名站員說。她是一位習慣將語尾拉長的年輕女性，似乎比二條更年輕點。不過活到這把歲數後，藍眼醫生已搞不清楚年輕人的年齡。

「嗯？麥野，妳剛剛說了什麼嗎？」

「我是說～山坡啊～整塊被削掉了呢～」

「喔喔，抱歉。」

藍眼醫生低頭致歉。不同於橫濱車站內部，頂樓的聲音不會反射，即使是近距離也聽不太清楚。雖然也可能因為老是和聲音聒噪的二條說話，變得重聽了。

「那是所謂的火山陷落吧。」

藍眼醫生用手擋住太陽，瞇細眼睛說。

站在嬬戀車站的頂樓望去，淺間山北部彷彿被湯匙挖了一塊般消滅了。即使從遠處觀察，也能確認被無情爪痕摧殘的車站結構化為瓦礫，變得凹凸不平。被視為不動象徵的自然山地竟也會有如此動態的變化，藍眼醫生不禁想，車站結構和自然地形的差異究竟在哪？

現在的天氣萬里無雲，來自火山口的噴發終於停歇，橫濱車站頂樓堆積了數公分厚的火山灰。對向來在無季節感的站內度過的民眾而言，現在是春季還是秋季根本分不清楚，唯一能確定的是氣溫怡人。

只是，藍眼醫生對於藍天其實不太能承受。在陽光普照的日子來到頂樓，眼睛會刺痛得無法睜開。同樣是站內居民，像他那麼嚴重的人並不多，恐怕是這雙藍眼睛害的吧。

「醫生～您府上原本在那一帶吧？」

麥野指著火山陷落的部分說。

「從這裡看來不是很清楚，應該是吧。」

「……那還真是令人悲傷啊～」

她露出悲傷表情。藍眼醫生從父親繼承來的那些藏書也埋沒在瓦礫堆裡了。記得那批紙本書是在戰爭中印刷的，父親也是從祖父那裡繼承而來。從祖先連綿繼承下來的這批文化資產終究化為灰燼，就像自己的基因將無法傳承到下個世代一樣。

由於預測火山爆發與引導居民避難的功勞，藍眼醫生被拱為本地領導者後，站員們派遣麥野這名年輕站員陪同。這麼做是為了能隨時徵詢這位領導者的意見（更正確地說，是讓他替站員們的政策背書）。

原本住在「山坡小鎮」的居民現在都到山腳下避難，糧食與醫療等各項基礎設施都不足。此外，原本的山坡無法通行，人類的移動路徑也被迫大幅變更，原本無人的地方變得有大量人潮經過。

理所當然地也發生許多新的問題，站員只能到處奔波解決，碰上重要的決定時，通常會仰賴藍眼醫生的裁決。換句話說，有他的名字背書的話，居民就會欣然接受，紛爭也會減少。

「我還很年輕～對政府由人類組成的那個時代不怎麼明白～」

麥野說。其實藍眼醫生自己也沒在那個年代生活過，但姑且先不糾正。

「果然在這種時代啊～一位能實際見到長相的領導者還是有必要的呢～特別是碰上災害時～光是有醫生這樣慈祥又聰明的老爺爺對我們說聲『放心吧』，大家就真的能放心了呢～」

「這樣啊。」

藍眼醫生點頭。被人稱讚他當然很開心，但比起透過螢幕呼籲上千民眾，還是覺得自己比較適合在診療桌前一對一面對病患。

「那麼，受災者的統計出來了嗎？」

「是～根據我們和戶籍比對的結果～死者五十二名，傷患二百八十八名～當局宣稱考慮到災害的規模，這個數字可說奇蹟地少～死者幾乎都是住在北側山地的居民～有很多生存者說～他們是被自動驗票機搬運來的～」

麥野沒看手上的終端機，倒背如流地說。不同於悠哉的語氣，能力很優秀。

在Ｓｕｉｋａ帳號之外，本地站員另外設立了獨立的戶籍制度。由於是由人類來進行管理，在運用上比Ｓｕｉｋａ更方便。畢竟不是每個人都像二條這樣能直接影響ＳｕｉｋａＮＥＴ。

但她是以什麼為基準說「奇蹟地少」則不明朗。畢竟站內過去並沒有發生過同等的自然災害，沒有比較對象。

「聽說對自動驗票機的動員順利成功了，你真了不起啊，二條。」

藍眼醫生說。

「不，要說順利其實一半一半吧。一半不是指被拯救的人數只有一半，而是指自動驗票機的數量。」

二條說明：

「反轉旗標只有一定機率能成功。如果能同時反轉Ｓｕｉｋａ之有無和趕出方向這兩個旗標，就能讓擁有Ｓｕｉｋａ的人被送到山腳下避難，可惜有許多架只有一邊成功反轉。」

「所以你的意思是？」

「擁有Suika的人被放逐出站了。當時，火山噴發破壞了車站結構，部分受災者被拋進那裡。」

藍眼醫生想像來不及逃離的居民被拋進火山口的模樣。

「……這也沒辦法。畢竟是不可抗力。那種狀況下沒其他辦法了。」

「就是說啊。在那個節骨眼還留在現場的人，就算沒人幫忙也死定了。能有一半得救算賺到了。」

二條說。明明他只是在贊同自己的話，不知為何，他的說詞令藍眼醫生感到非常不愉快。

二條闔上筆記型終端機，用金魚般的凸眼望著藍眼醫生說：

「那麼，藍眼醫生，我也該告辭了。」

「要回京都了嗎？」

「嗯。我京都的家人碰上了麻煩，不立刻趕回去不行。住在這裡的這段期間，幸好有醫生鼎力相助，我才能大致解讀那些程式碼，也獲得許多控制網路的寶貴體驗。有這些知識，應該就能辦到許多有趣的事。」

他邊說用力扯下插在牆上的電線，捲一捲塞進包包裡。

藍眼醫生本來想說「我也受到你許多幫助」，但總覺得不恰當。當然，許多人托他之福得救了。但一想到車站裡到處都貼著自己面孔的海報，說實話，被添的麻煩比幫助更多。

「好吧。那麼，後會有期吧。」

藍眼醫生說。二條點頭致意，搭上往北西的電扶梯離去了。

這句話並未實現，兩人之後再也沒有重逢。

9

又過了半年。

「醫生，你知道嗎～那塊被削掉的部位啊～似乎在修補了喔～」

站員麥野說。藍眼醫生依然擔任山腳下的「指導者」。

「修補？」

「就是山上崩塌的部分啊～ＳｕｉｋａＮＥＴ上有照片喔～要看嗎～？」

說完，她把終端機的畫面給藍眼醫生看。

藍天之下，那個彷彿被利爪挖走一大塊的崩陷區，現在卻被一團團灰色絲線纏繞著。雖然顏色不同，很像人類傷口上的結痂。

「那個毛茸茸的是什麼？」

「聽說是管線或鋼骨喔～是從旁邊部分長出來的～會愈來愈粗壯～這是上個月的情況～」

說完，她提供另一張照片。這張照片中，有許多民眾登上頂樓觀察這種毛茸茸奇景。

「原來如此，是車站結構正在重生吧。」

「原來是重生啊～我第一次看到耶～橫濱車站連這種事也做得到啊～」

麥野說。當然，藍眼醫生也是第一次看到。這麼大規模的車站結構被破壞，恐怕也是站史上前所未見。

藍眼醫生偶爾會親眼去看重生的樣子。只要麻煩站員準備太陽眼鏡，就不必太在意外頭的刺眼光線。若是遮住獨特的藍眼睛，移動時也不用擔心引起騷動。

灰色毛茸茸部位逐漸擴大，變得很像長一半的蠶繭。不久，纖維結構幾乎消失，宛如白麵包般膨脹起來。鋼骨周邊似乎開始噴出水泥了。

接下來，一路生成頂樓及樓梯、電扶梯或玻璃窗等直線型結構體，一年後，山的景觀幾乎完全恢復原狀。

當然，這樣等於是用車站結構來彌補火山陷落時崩塌的土地，內部已經不同了。就像是用填充物填補蛀牙一般。但至少外觀上非常完美地修復了，完全看不出哪裡有發生過火山陷落。

許多當初由「山坡小鎮」下來避難的鎮民開始討論要回去還是繼續留在山腳下。有人覺得想到有朝一日可能又碰上那樣浩劫的話，絕對不肯回歸。也有人認為既然小鎮已經復原，當然要回去。

這時山腳下小都市的混亂已平靜許多，站員們不像以前那麼需要藍眼醫生的向心力，因此藍眼醫生決定回去「山坡小鎮」。

搭乘電扶梯上升，來到過去自宅位置。和噴發前一樣，那間用書架充當屏風的房間已經重生了，連同大量藏書與隔壁房的生鏽鐵門一起。

唯一不同的是，房間裡有一名少女。

「帕～帕～」

她一看見藍眼醫生就笑了。滿臉汙垢，長及地面的頭髮上沾著垃圾與灰塵。

藍眼醫生盯著這名不可思議的少女後，點點頭。

「啊啊……妳還活著……妳怎麼進站內的？有人幫妳導入Suika嗎？」

藍眼醫生手搭在少女的肩膀上說。但少女只訝異地歪頭，嗷嗷嗚叫。和當時相同，一句話也不會說。

是一年前和二條繞山擺置「讓子」時，在南側山地遇見的那名胖少女。比起那時瘦了一點。

「咩～咩～」

少女喊完笑了。她滿口黃牙，嘴巴發出類似垃圾導管的氣味。

◆

藍眼醫生在再生的「山坡小鎮」裡和年齡跟孫子相差無幾的少女一起生活的消息不只立刻傳遍整個小鎮，在山腳下的小都市也廣為流傳。火山爆發後，這名少女不知為何出現在他家裡。藍眼醫生收養少女，並取名為「奇多」。

奇多逐漸成長，開始呼喚他「艾迪，艾迪」，但除了這個以外仍然不會講話。這孩子或許出生不久就被父母拋棄，成長到六歲，沒學過言語就被自動驗票機放逐了。

這時，藍眼醫生突然想到以前二條曾教他如何確認位置資訊紀錄，便好奇地確認奇多的紀錄。

但用終端機貼著奇多的手，輸入指令，也只能得到「無法確認Suika帳號。無法連接SuikaNET」的回答。

藍眼醫生試著貼在自己的手上，地圖明確顯示出自己（只在群馬周邊打轉）的人生歷程。

他感到不可思議，便去拜訪鎮上的活體電器技師。技師用聽診器貼在奇多脖子上，確認信號，立刻臉色鐵青，聲音發抖地問：

「藍眼醫生，這是怎麼回事？這孩子沒有Suika啊。」

藍眼醫生簡單說明奇多的來歷。他在火山噴發前在山南的站孔發現這名女孩，但之後在這個小鎮重生後出現了。

「所以是因為火山噴發，車站結構改變，使得沒有植入Suika的人也能進入站內……」

「這種事可能發生嗎？」

「我從未聽過這種事。」

技師眼神不安地說。藍眼醫生請技師對於這名少女沒有擁有Suika的事守口如瓶。「好，如果這是醫生的要求。」技師點頭。

很想徵詢二條的意見，但他留下的網路位址已連不上。這時他該已經抵達。從群馬到京都的距離遙遠，若想進行個人通訊，以藍眼醫生所知範圍是不可能的。二條的話或許可以，但他不主動聯繫的話也沒轍。

這男人在時只覺吵鬧和麻煩，需要他時卻又音訊全無。

收藏在書架上大量書本，外觀與火山噴發前基本上完全一樣，細節卻有許多地方變化。例如書頁的順序相反、幾百頁都是同一頁、醫學書中摻雜小說的句子。辭典也是一樣，單字和解釋完全兜不起來。藍眼醫生想，早知如此，就該把辭典送給二條。

10

麥野偶爾會搭乘電扶梯來到「山坡小鎮」探望藍眼醫生。

「這個小鎮也恢復活力了呢～真是太好了～」

麥野照例用習慣拉長語尾的方式說。

「但小鎮規模只剩噴發前的一半，有些人死於那場浩劫，也有不少人不願搬回來。這也是沒辦法的。」

藍眼醫生說完，看了一眼奇多，說：

「奇多，能幫我沖咖啡嗎？」

奇多聽從指示，「嘰～」一邊發出怪叫聲，去燒開水了。

「好可愛的孩子啊～是您的孫女嗎？」

「不是。她是火山噴發後出現在鎮上的孩子。我看她孤苦伶仃，便收養她。」

藍眼醫生重複了一次平常對鎮民的說詞。當然，絕口不提她不具有Suika帳號的事。

「喔～不愧是仁慈的醫生～」

兩人享用奇多沖泡的咖啡，麥野說：

「現在啊～站員們總動員～在挖掘南側山地喔～」

「挖掘？」

「是的～雖然南側不像我們這邊產生火山陷落～但也亂成一團～所以我們想，說不定還有生還者困在那裡～或者還有能利用的廢棄品～正在確認中～」

「南側啊……」

藍眼醫生喃喃自語。他想，不知「讓子」是否仍設置在那裡。假如沒有被破壞，也許那一帶的SuikaNET仍在二條的控制下。假如淺間山又發生什麼問題，希望他能聯絡一下。

「有找到什麼嗎？」

「沒有呢～那裡本來就人煙稀少～所以只找到自動驗票機的殘骸～不過～之前好像有找到人骨喔～」

「人骨？」

「是的～請看。」

說完，她將終端機的畫面給藍眼醫生看。

似曾相識的房間。是和二條去放置讓子時發現的，最初與奇多相遇的房間。

「恰好一人份的骨頭。不知道是誰死在這裡呢～應該是個孩子吧，請看。」

說完，麥野把照片放大。在昏暗的房間裡並列著三個垃圾箱，一旁的長板凳上堆著一副人骨。看似死了一段時間，肉的部分已幾乎毫無殘留。

照片解析度偏低，不算清晰，看似身高約一公尺前後，約八、九歲的孩子。遺骨旁散落著啃咬過的甜點麵包的袋子。

「……這是何時拍攝的照片？」

「就是這幾天而已啊～我想想……啊，是上個月十九號～」

藍眼醫生看了一眼奇多。火山噴發後奇多出現在這個家經過了一年，她的身高也成長了一點，但最初在站孔遇見時，她的身高差不多就像這副骨頭的程度。

所以說，那名少女早已死在站孔裡了。

那麼，現在在這裡的奇多又是誰？

麥野回去後，奇多喊著「艾迪，艾迪」，比手畫腳地表示咖啡豆用完了。

「啊，已經喝完了嗎。待會去買吧。」

藍眼醫生說。奇多會做簡單的家事，但因為她沒有Ｓｕｉｋａ，無法購買東西。藍眼醫生考慮到自己的年齡，擔心起今後不知該由誰來照顧她。他一面茫然地想著這些事，望向書架。

「又增加了。」

他在看的是塑膠相框中妻子的照片。

藍眼醫生拿起照片，在框架的部分用筆寫上「＃12」，疊在房間角落的十一個相框上。

自從「山坡小鎮」重生後，偶爾會發生物品自動增加的問題。有的家庭是衣服或碗盤增加很開心，但藍眼醫生家中增加的卻是已逝妻子的照片。

而且，相框裡的照片與妻子微妙地有所不同。明明衣服和髮型都相同，臉的印象就是不大一樣。放在裡頭的明明是照片，卻彷彿看著照片畫出來的精密圖畫一樣，有種人工的不協調感。人眼對人臉的認知很特別，即使只有輪廓略為不同，印象就會大幅變化。

藍眼醫生偶爾會把這些照片在桌上排成一列，思考哪一張最像妻子。

之前看得時候覺得三號最像，現在看起來，覺得新增的十二號最相似。但仔細看下去，會覺得這兩張都不像，反而七號最能捕捉妻子的神韻。七號的臉蛋是這些照片中最美麗的，也許自己把記憶中的妻子美化了吧。

像這樣看著微妙有差別的妻子照片，藍眼醫生覺得自己彷彿也想不起妻子原本的樣子了。

被稱做藍眼醫生的艾迪．島崎，或許現在也仍在淺間山北側的「山坡小鎮」執業，和不具有Ｓｕｉｋａ、名為奇多的少女一起。

熊本篇

Confectionery 451

train（n.）

列車、火車。原意為「被牽引的物體」。

training（n.）

研習。訓練。

1

〈站曆一九二年七月　熊本〉

「教官，我有個問題。」

一名年輕員工倏地舉起手來。教官看了一眼她的名牌，上頭的名字旁，有顯示新進員工研習期間的蝌蚪符號。

「說吧，島原。」

穿著短袖制服的橫井教官以充滿威嚴的聲音回答。島原三香舉起的手像時鐘指針一般恰恰好轉動九十度，指向窗外。

「請問那是軍事部門的訓練嗎？」

她指著窗外正在上演的異常情景發問。一名年輕男子雙手被繩索綁在卡車後方，被迫跟著奔跑。雖然有機氧化式引擎發出黑煙慢吞吞前進，對人類而言還是過於快速，被綁著的男人表情痛苦扭曲。乾燥的地面上，除了卡車的胎痕外，還有拚命跟上的男子的汗水漬痕。

卡車貨斗上有其他新進員工搭乘，有幾個是公司前輩，對被繩索綁住的男人喊「跑起來啊！」。後方樹林傳來嘈雜的蟬鳴。

「不。」

教官聲音冷徹地說。

「那也是新進員工研習的一環。今後你們會接受考試，得最低分者，就要被罰以那種方式回到宿舍。」

研習室裡二十來個新進員工瞬間一陣騷動呻吟。

「我能再問一個問題嗎？」

「說吧。」

「為什麼要那麼做呢？」

「為了讓你們認真學習。」

橫井教官表情嚴肅地說：

「本公司的任務是維護、防衛九州全域的治安。誠如各位所知，五十年來我們九州隔著關門海峽和橫濱車站長期抗戰。只要有本公司自豪的軍事部門鎮守前線，戰火絕不可能波及熊本這裡，但為了讓各位在執行業務時能維持緊張感，所以才那麼做。」

「感謝您的回答，我明白了。」

三香回答，以彷彿機械般的正確動作低頭。教官說：「還有其他問題嗎？」瞥了室內一眼，沒人舉手。

「那麼，依照原訂計畫，從今日起開始進行武器使用訓練。優秀者能優先分發到軍事部門，請各位全神貫注地接受訓練。」

ＪＲ福岡接收幾十年前充作其他用途的場地，在熊本成立分公司。相較於博多總公司或北九州的前線基地，每一棟建築都相當老舊。原本是白色水泥，但在長年使用的有機氧化爐產生的黑煙薰陶下變得烏黑。

設置於此的是一部分技術部門和情報部門，以及新進員工研習設施。

ＪＲ福岡是在冬季戰爭時期接受日本政府委任，施行地區統治的國營企業。同樣的企業存在於當時日本各地，由於地理上九州鄰接國境，與朝鮮半島隔海相望，自創立以來就比其他ＪＲ的軍事色彩更為濃厚。

但隨著戰爭長期化與之後爆發的橫濱車站自我增殖的不幸事件，使得本州被車站結構盤據，日本政府也消滅，至今已過兩百年。失去頂頭上司的這間企業，如今轉變為國家本身。

五十年來達成阻止車站結構侵襲的偉業，因此居民對ＪＲ福岡的支持度也很高。軍事部門底下的警察機構功能正常，州內治安良好。最大的問題只有四國難民和九州居民之間的衝突。

靶場設施面向基地內的某座山丘。在這座高約兩公尺的小山崖底下，木製人形靶依等間隔排列，心臟部位上繪有等間隔同心圓。

橫井教官在新進員工面前高舉電動泵浦槍。這是在冬季戰爭時代開發，只要是金屬都能當作子彈的電動式槍械。靠著這把在戰地能獲得無限彈藥的槍械，士兵們能不接受補給持續作戰數個月，結果將地球上的全部戰場拖進膠著的游擊戰中，直到一切文明燒毀。人們在課堂上學習了這段歷史。

這種電動泵浦槍在九州地方相當普及，一般市民也會買來當作護身武器。但法律上一般人能擁有的只有砲管長約二十公分的短槍，威力不強，頂多只能牽制對方行動。另一方面，射擊訓練使用的是ＪＲ獨占生產及保有的長槍，長約八十公分。直徑和三香的手臂差不多粗，但扛在肩膀上不算沉重。因為內部幾乎都是加速用的中空構造。

橫井教官閉起嘴巴時，仍會不由自主地微微開口。他的鼻子似乎有毛病，只能靠嘴巴呼吸。或許也因為如此吧，教官似乎很容易口渴，隨身攜帶水壺。

「這次用這顆彈珠當作子彈。這種彈珠的彈道最直。」

他拿起直徑約一公分的金屬彈珠說。

「然而一旦進入實戰，可就沒有精挑細選子彈的餘裕了。就算在此教各位精良子彈的使用方法，上了戰場還是得看各位的慧根。不能舉一反三的人，不管教啥都學不會。」

換句話說，現在是要透過觀察學員操作陌生武器的過程，來判斷這名人員適合什麼部門，三香如此理解了。但所謂的實戰，具體而言又是指什麼狀況則不明白。

「我可以發問嗎？」

「說吧。」

「這個射擊訓練是為了什麼目的而進行的？」

三香說，教官露出輕蔑的眼神低頭看她。

「當然是為了保護居民。」

「為了保護居民，該射擊什麼人才行？」

「等妳成為合格的社會人士，就能做出判斷。」

「我明白了。」

輪到自己的時候，三香接過槍械和六發金屬彈珠，依照剛才的教學裝填子彈。相較於槍械的體積，那顆子彈小得有些不自然。

這是三香第一次接觸長槍，幸好槍械結構非常單純，不會搞混。金屬彈珠沾有些許泥土味。多半是將訓練過的子彈回收再利用。回收嵌入崖壁裡的子彈想必非常麻煩吧。

確認發射模式為單發模式，扣下一次扳機。

砰，啪嘶，泵浦槍發出槍響，人形靶腰部被貫穿一個小孔。三香略為降低槍口，又開了兩槍，各自打中左右膝蓋。

「妳應該明白心臟部位得分較高吧？」

後面負責計分的公司前輩說。

「我判斷要制止行動的話，瞄準腳部是最恰當的選擇。」

「但這是考試，請瞄準考題要求的部位。」

被警告後，三香略感不滿地嘆氣，說：

「我明白了。」

她舉起槍口，發射一發，金屬彈珠掠過肩膀擊中背後土牆。將準心下移，剩餘兩發命中胸部。

「妳明明辦得到嘛。」

前輩說，接著在手上的計分表上寫下：

「軍事部門適性　B」

看來是採用A～E五階段評價。

三香想，這樣的測驗形式，如果一開始就命中人形靶的話，要調整準心就很簡單。但第一發若沒中，接下來恐怕成績就會很難看了。事實上，在她背後接受測驗的員工第一發完全偏掉，在背後的土牆揚起灰塵，下一發又挖地瓜，接下來他徹底失去冷靜，射擊剩餘四發時扣扳機的手指止不住顫抖，全都偏得離譜。

橫井教官看著他，冰冷地說：

「你去情報部門吧。」

新進員工們立刻明白這句話帶有侮辱的意思。這名員工在這天訓練結束後，成了被卡車拖行的可憐兒。

即便官方文件沒有明記，ＪＲ福岡的各部門之間有個任誰都知道的階級存在。位於金字塔最頂端的是軍事部門，接著是技術部門。既然公司的存在理由奠基於「保護領土與居民不受海峽另一頭的橫濱車站侵略」，這個階級無可動搖。接下來經過幾個事務相關的部門後，才是幾近最底層的情報部門。

在海峽作戰者最偉大，製造士兵們使用的武器的技術部門第二偉大，此一九州居民的自然印象直接影響各部門在社會上的地位。換句話說，不知在幹什麼的情報部門當然位居最底層。

2

「島原三香，妳的成績非常優異，去應徵ＪＲ公司吧。我會為妳寫推薦信。」

距今恰好一年前，州立學校的教師對她這麼說。三香點頭致謝，回答「我深感榮幸」。那位親切教師的口頭禪是「有不懂的事盡量發問」。

如今已不記得當時自己是基於何種心情才這麼說。三香想起在學生時代，同學們無不認為能去ＪＲ上班是件很光榮的事。

由歷史上看來，教育的期間和社會的資源往往成正比。過去的高度文明時代，許多二十五歲到三十歲的人還在當學生，但現在的九州，到二十歲時還在就學的基本上是菁英階級，當中只有極少部分能進這間名為ＪＲ福岡的政治企業。

換句話說，這群人在結束學生時代的同時，也將迎向法律上的成年。

叩叩敲響只寫著房間號碼和負責人名字的房門，確認由房內傳出含糊的回答聲後，三香靜靜地開門。

「您好，我是今天分發到貴單位的島原三香，請多指教。」

在房間入口處機械性地恭謹點頭後，坐在朝著牆壁的辦公桌上的男人們紛紛轉頭望她，面面相覷。表情似乎在說「怪了，這種人怎麼會來這裡？」

一瞬擔心自己是否搞錯房間時，從後面房間走出一名穿白袍的中年男性。

「啊，妳是島原吧？請進。」

是ＪＲ福岡技術部門化學組組長杉元。其他成員立刻重新埋首於自己手邊的工作。

「今天突然變熱了，島原，妳穿這樣不熱嗎？」

杉元組長問，邊用硬殼資料夾搧風，不停上下打量三香的打扮。他自己在白袍底下只穿了一件T恤。

「我是照公司夏季服裝規定穿的。」

三香回答。公司內部全棟開冷氣，甚至有點冷。三香感到疑惑，明明一般家庭能源不足，這樣不會太過浪費嗎？但員工大部分都是男性，或許也沒辦法。

「我們這裡，不是軍事部門，用不著那麼死板，放輕鬆點，懂了嗎？那麼，關於妳的座位嘛……」

說話停頓很多的杉元組長往大辦公室內側走，三香跟在他後面。在這種人多嘴雜的房間裡往往飄盪著特有的混合氣味。時間為下午兩點，似乎有人剛吃午餐。這個座位有辣椒，那個座位有醬油。隱藏在這樣的氣味之中，隱約聞到一股化妝品的氣息，是這棟建築中幾乎沒機會聞到的類型的氣味。

「黑木，就由妳來負責帶她吧，勞煩了。」

杉元組長對著大辦公室反方向的牆壁說。

「好～」

傳來女性開心回答的聲音。從隔牆背後登場的，是美麗得令人屏息的女性員工。

梅雨結束，夏季正式降臨九州。經歷三個月研習時間的新進員工們，被冒著黑煙的卡車載往各自的分發場所。被分配到技術部門化學組的三香留在熊本分社。

博多總公司主要業務都和武器開發有直接相關，但熊本的部門主要工作是解讀戰前文獻，重現當時技術。人類累積的知識大部分在冬季戰爭時代散佚了，收集殘存的資料，找出可用的知識便是這個部署的工作。公司內流傳一個笑話：「待在熊本的話，學會的舊字體比化學式更多。」

化學組最具代表性的成果是開發出名為「抗結構遺傳界聚合物」的纖維。能高機率阻絕由本州發射來的橫濱車站物質所造成的結構遺傳界感染。對於以阻止車站登上九州為最高使命的ＪＲ福岡而言，此一成就自然是值得給予高度讚賞的。

「那是從導電性高分子應用來的。」

黑木讓三香看公司的內部資料，進行說明。

「雖然要實際取得被結構遺傳界感染的樣本很困難，不過我們從車站結構無法渡海這個性質得到提示。妳知道是怎麼一回事嗎？」

「是。這種聚合物具有和海水相同的導電性，能使結構遺傳界逸散，但由於不是金屬，不含有自由電子，所以本身不會被車站結構感染。」

三香說明事先查詢過的內容，黑木露出驚訝表情，說：

「小香，妳好優秀喔。」

「那麼，我們組現在在研究什麼呢？」

「我們化學組目前研究的是重金屬廢液的再利用。」

「廢液？」

「從這裡流出來的。」

黑木指著地圖說。從關門海峽沿著周防灘往東行，有個從本州往南側延伸的海岬。

「橫濱車站有許多排放廢水的地點，不同場所的成分也不同。廢水中含有大量稀土。」

「能從車站取得那麼多礦物資源？」

「可以唷。但畢竟廢水中摻雜了太多種類的金屬，所以目前正在研究便是有效率地將金屬個別提煉出來的方法。這些溶液充滿現今幾乎沒辦法取得的稀土，所以是非常重要的工作喔。」

聽到「重要工作」，三香不斷點頭。

「個別提煉……像是電解法嗎？給予變成負離子的金屬電子，使其還原。」

「沒錯！」

黑木只要三香說對了什麼，就會開心地頻頻點頭。

「團隊裡都是男生，所以從我上個禮拜聽說今年會有女生進來後就一直期待著呢。

好開心啊。」

全公司的男女比例約85%比15%，但技術部門的偏頗更明顯。充滿陽剛之氣的團隊裡有女性加入，感到開心的與其說是男人，毋寧是少數派的女生。三香由經驗上深切明白這個道理。

「我一定會不辱期待，日益精進，尚請前輩多多指教。」

「不辱？」

黑木說完，噗哧笑了。

「小香，妳的用語太嚴肅了啦，稍微放鬆一點。」

「什麼意思？」

「像今天妳進辦公室的方式，還以為是社掌課來臨檢呢，嚇了大家一跳。我們組很少碰上，但公司內搜查的情況並不少。」

「這是我的疏忽，今後我會更加注意。」

「小香，不必講這麼面試用的死板語氣啦，更自然一點。」

「我明白了。」

雖說如此，這就是三香自然的說話方式。自己也覺得古怪，但早已習慣，一時之間實在改不過來。

上班時間是朝九晚五，不過三香每天早上八點半就來到公司，下午五點半才回家。上午進行文獻解讀和分類，下午在實驗室學習器具的使用方法。不愧是ＪＲ的實驗室，比州立學校的設備預算更為充足。

「組長，我有個問題。」

將文件交出的同時，三香問杉元組長。

「怎麼了？島原。」

「組長的白袍上為何沒有沾染藥品味？」

他的衣服只沾染了合乎年齡的老人氣味。雖然每天都有洗滌，一般人應該不會發現。三香也不到很在意的程度。

「啊，因為實驗穿的白袍我會收在置物櫃裡。穿實驗用的白袍去員工餐廳會被餐廳阿姨們罵。所以我會分成一般用和實驗用。」

杉元笑著說。是開玩笑還是真心的並不清楚，三香點頭，說：「我明白了。」

「妳的鼻子很靈嘛，島原。」

「常有人這麼說。」

「那樣的話，待在我們化學組應該很難受吧？畢竟這裡有很多難聞的氣味。總之加油吧。」

「不會的，我並不討厭藥品的氣味。」

三香急著澄清。如果剛分發到這裡就被認為不適任的話可就傷腦筋了。事實上雖然她的嗅覺靈敏，扣除某些例外，對於不舒服的氣味並不會比一般人更難忍受。

「工作上有什麼困擾嗎？」

「沒有。工作很順利。黑木前輩的指導非常細心。勉強要說的話，大概就是很多員工不遵守上下班時間吧。」

聽她這麼說，組長略為思忖後，回答：

「我們的工作時間，不需要那麼死板板的。換成是軍事部門的話，或許一板一眼比較好，但……」

「我明白了。但是不按表操課的話，組織的效率會……」

「嗯，說得也是，如果妳太早到，而黑木又太晚來的話，的確很困擾吧。沒有人能教妳，妳只能發呆。」

組長說。三香覺得這樣好像變成在暗批黑木，趕緊澄清。

「我不是這個意思。有家室之累的話，本來就比我這種單身者更難調配時間。」

組長聽到這裡，露出驚訝表情。

「黑木前輩不是結婚了嗎？」

「不，我從她進公司以來就認識她，從沒聽說過這種事。」

「可是她懷孕了呢。」

「真的嗎？」

組長瞠目結舌。三香心想，糟了，畢竟從外表上還看不出來啊。

「黑木對妳這麼說嗎？」

「……不是的。應該是我誤會了。造成組長的混亂，真是抱歉。」

三香猛搖頭。由於和平常彷彿時鐘般的精確動作截然不同，連組長也露出詫異眼神。

組長回到自己的辦公室後，三香邊看資料邊責備自己的疏忽。每當發生這種過失，她就會更努力讓自己的行動能更合乎規律。這是她從小養成的習慣。

三香過度遵照行程表的行動，常被人暗諷「說不定是機械課開發的仿生人」。不過她早已習慣這種事，反而認為被當成機械比較好辦事。被當成人看待的話，步調反而會被打亂。

然而，就在她分發到化學組兩個月後，發生了一件足以將一板一眼的三香的日常步調徹底打亂的大事。

『咦？嗯嗯。是，我明白了。好，宿舍大樓嗎？好，我立刻前往。』

從開放的個室中傳來杉元組長的聲音。距離上班時刻開始還有一點時間，只有辦公室三香和其他少數人在。

杉元組長從個室出來，對眾人打招呼：

「呃～各位，早安。」

接著左右張望，確認化學組的大辦公室。

「現在有空的人能來幫忙嗎？吉田，還有……好，就妳吧，島原。妳也跟著來。」

「是。」

三香把準備閱讀的資料放回桌上。

「公司內部似乎發生了點事，需要借重我們的知識，你們跟我來吧。」

就這樣，三香和曬得黝黑發亮的前輩吉田一起前往宿舍大樓。

這裡除了新進員工研習時期為了方便集中管理的新進員工宿舍，也提供出差到這裡，必須長期住在分公司的外地員工居住。另外，只要申請，單身員工也能入住。

九月的熊本依然悶熱。昨天下雨，地上散發出土臭素的氣味。三人踩著泥濘地面進入宿舍大樓時，三香突然發現空氣中混有奇妙的氣息。

「有野生熊闖入這裡嗎？」

三香問。

「為什麼妳這麼認為？」

「裡頭有血腥味。已經被射殺了嗎？」

「熊本的熊早就絕種了。」

背後的吉田悄聲說道。

「嗯……雖不中亦不遠矣。來，穿上這個。」

杉元組長交給兩人的是手套和眼鏡。接著他站在門前，確認房間號碼後，說：

「那麼，我要開門囉，別嚇到了。」

門一打開，血的氣味更濃了。

窗邊有個軍事部門的年輕員工，開門的瞬間，對杉元點頭行禮。接著抬起頭來，以不安的眼神盯著背後的三香和吉田的臉。由掛在他身上的員工證看來，似乎是軍事部門中負責整肅公司內部綱紀的社掌課人員。

床上有個人仰躺著。臉上彷彿有蕃茄砸過般紅通通。仔細一瞧，那不是染到顏料，而是臉部被挖掉，暴露出紅色血肉部分。喉嚨整個被炸開，顎關節脫落，露出表情肌。仍連在骨頭上的牙齒所剩無幾。

三香對這副魁梧的體格，以及從短袖襯衫露出的手毛很長的手臂有印象。背後的吉田忍不住發出呻吟。

「他是……橫井教官？」

「島原，妳認識他嗎？」

杉元冷靜地問。

「是的，他是我新進員工研習時期的教官。」

「原來是這樣。現在負責指導的是橫井嗎？」

社掌課人員點頭。

「推定死亡時刻是今日的凌晨兩點左右。由於他早上遲遲沒現身，覺得奇怪，便來他房間確認，就發現他的臉被炸掉了。」

「這是所謂的殺人事件吧。現場是密室嗎？」

吉田問。社長課人員看著手上的資料夾，回答：

「似乎沒有上鎖。」

吉田表情顯得遺憾。

「組長……」

三香話未說完，杉元就接著說：

「有疑問嗎？」

「是的。請問化學組也要處理這種案件嗎？這不是社掌課的職責？」

「這個嘛……這種事情其實很少發生。但這次的情況特殊。」

杉元一臉厭煩地說。

「公司內部經常發生殺人案嗎？」

「很久沒出命案了。上一次是多久以前？」

「十年前。」

社掌課的員工回答。

「嗯。那次與其說是殺人案，更像是暴動。和四國難民有關。有激進派闖入公司內部。真可憐，小賣店的女孩就這樣遇害了。記得那次還動員民間人士採集指紋，證據確鑿後才將暴徒繩之以法。」

三香也看過這個新聞。記得當時軍事部門負責人發表演說，強烈抨擊犯人的卑劣行為，並為犧牲者獻上哀悼。當時仍是個小孩的三香印象中只覺得他的用詞很可怕。之後，經過徹底的搜查，被揪出的激進派幾乎無一倖免。

「但這次可就沒辦法像上次那樣大剌剌地公開了。因為這次很有可能是自己人所為。」

「怎說？」

「這間宿舍一到晚上八點就會自動上鎖，想進出得要有員工證。」

社掌課說。

「原來如此，行凶的若是外來者，得先在這間宿舍內潛伏六個小時，才能在犯罪時間的兩點犯案。這的確很困難。」

背後的吉田說。

三香觀察慘遭毀容的橫井教官臉部，想起射擊訓練時他說過為了保護居民必須先看清誰才是該射擊的對象，假如這起案件真的是自己人所犯下，他（她）恐怕是覺得有必要才會痛下殺手吧。

「傷痕看起來有點像小型手榴彈造成的。」

吉田說。杉元略略笑了。

「舉這麼古典的例子啊。你喜歡看戰爭電影，是吧？但是，倘若發生過那種程度的爆炸，四周應該會有更明顯的金屬碎片痕跡。」

「會不會是房間裡充滿可燃氣體？被害人想抽菸時點火的瞬間就……轟隆。」

「若是如此，窗戶不可能沒碎吧？犯人也必須讓易燃氣體集中在橫井兄身邊，以熵的觀點看來不可能。」

「更何況，教官本來就不抽菸。」

三香說。

「島原，真的嗎？」

「是的。三個月內有抽菸的話我能聞得出來。另外，應該也沒有用到火藥。前提是和戰前相同類型的話。」

「真厲害。」

杉元佩服地說，吉田一副掃興表情。

「房內有可能當作凶器的武器嗎？」

杉元問，社掌課拿出一把裝入透明袋子裡的短槍。

「房間裡找到這把電動泵浦槍。這是被害人的私人物品。」

「嗯……這個無法殺人吧。當作子彈的是尖銳鐵片，被擊中雖然很痛，但不可能把整張臉炸掉。」

杉元說。

「或許是用刀子挖臉？」

「島原，妳的想法真血腥啊。妳喜歡看血腥電影是吧？但是，要挖睡著的人的臉不可能的。因為挖下去就醒了。」

杉元笑了。三香想，組長也許不管遇到什麼事都會笑吧。

從宿舍的平面圖看來，這個房間位於宿舍大樓中最角落的位置。隔壁是新進員工研習時期使用的大通鋪，這個季節沒有人住。深夜就算發出一些噪音，恐怕也不會有人發現。

昨晚宿舍大樓有近百名員工住在這裡，但幾乎沒人在深夜時間走上走廊。

「換句話說，只要是本公司員工，幾乎任何人都有嫌疑。」

社掌課說。

「這下可麻煩了。」

杉元笑了。

「凶器的鑑識就交給我們吧。先確認進館紀錄如何？」

「是。關於這方面已經在進行了。」

「紀錄？」

三香插嘴，一旁的吉田回答：

「這棟宿舍一到晚上八點會自動上鎖。之後進出都需要員工證，因此昨晚進入這棟宿舍的所有人應該都被記錄下來了。」

「請看這裡。」

說完，社掌課取出平板終端機讓三人確認。畫面顯示出從昨晚八點到今天早上的期間，曾經打開過上鎖的一樓大門的人員清單與進出時刻。共有幾十名。

「這個紀錄有問題。」

吉田一看到記錄表，立刻說。

「組長，紀錄有被消除過的痕跡。」

「咦？你怎麼知道？」

「昨晚十點左右，我去販賣機買咖啡時有從宿舍前面經過，那時恰好看到熟人走進宿舍大樓。但我看紀錄，並沒有他的名字。」

吉田自豪地說，杉元深感興趣地點頭。

「那傢伙是誰？」

「是情報部門的大隈。」

「原來如此。所以說他明明有來過宿舍，卻把紀錄消去了。」

「這裡的進出紀錄是情報部門管理的，這種可能性很高。」

「嗯……」

杉元略為思考。

「島原，真抱歉，能請妳跑一趟情報大樓，叫大隈過來嗎？」

「我去嗎？」

三香說，並瞥向一旁的社掌課人員。杉元明白她的意思，解釋說：

「如果是軍事部門人員去，對方立刻就會知道怎麼回事，或許會隱瞞證據。但如果是像妳這種年輕女孩的話，對方應該也料想不到吧。」

「可是吉田前輩不是認識那個人？」

「我去見他會惹上麻煩。拜託了，島原，算我求妳吧。」

吉田深深地低頭。

又來了。在大多數是男性的團隊裡，被派去做雜事的總是女性。三香由經驗上深切明白這個道理。

「可是黑木前輩說我給人的感覺很像個軍人。」

聽她這麼說，杉元和吉田交互看了一眼，深表同意地點頭了。

4

情報部門大樓比其他部門規模較小，也較老舊。地點位於設施正門反方向的角落，離生鏽嚴重，很少開啟的後門很近。由分配的大樓和位置也可看出情報部門在公司內的地位。

一進玄關，立刻能見到寫著「情報部門第三課」的門。門旁掛著出席管理板，除了員工的名字外，分成「在籍」、「上班中」、「下班中」等項目，卻沒看到用來標示的磁鐵。

確認在員工清單中有「大隈隼光」的名字後，三香敲門，但沒有回應。

隔著毛玻璃確認，房間裡似乎沒有點燈。時間為上午十點。也許在某處開會。

這時，隔壁房間的門打開，一名眼睛細長得彷彿一條線的男人走出來。不知是否因睡姿不佳，左邊頭髮整個翹了起來。男子搔搔頭，三香向他點頭致意後開口說：

「打擾了。我是技術部門化學組的島原。有件事想請教您。」

突然被人打招呼，眼鏡男子嚇了一跳，接著以意外高亢的聲音說：

「是，什麼事？」

細長的雙眼微微睜大，總算從縫隙中見到黑眼珠。

「請問貴辦公室的大隈隼光先生現在人在哪裡？」

「大隈的話應該還沒來吧。嗯，應該沒來。現在還是上午啊。」

說完，對著辦公室內開口：

「喂～你們今天看到大隈了嗎？」

「沒有～就算來了，應該也是去吸菸室吧～？」

聽到吸菸室，三香明顯露出厭惡表情。

「妳聽到了嗎？去吸菸室看看吧。去看看吧。」

在睡眼惺忪男的指示下，走向走廊角落的吸菸室。那裡是正中間有座大型換氣台的房間，和走廊隔了一道燻黑的毛玻璃牆。與其說是故意燻黑，比較像是長年累積的髒汙。房間內有兩道人影，一胖一瘦，背對玻璃站著。牆壁的隔音性能不強，從外頭也能聽見對話。

『從輸入層挖掘出來的圖片看來，當年的車站、機場以及其他所有公共設施都能見到這隻黑熊的圖像。可知這隻熊在當時被本地被遵奉為神明。』

細瘦的那方快速地說。

『泛靈論啊。』

肥胖的那方說。

『可是，熊的瞳孔有那麼小嗎？看起來簡直像貓。』

『也許雜揉了其他動物的形象。神話中常有這類發展。我猜想熊本這個地名就是來自於這尊熊神吧。』

『喂，後面有人。』

說完，兩人一起回頭望玻璃牆外的三香。

三香隔著汙穢的玻璃看兩人，明白他們手上除了菸盒外什麼也沒拿。這種狀況下應該不必擔心證據會被掩蓋。

「請問情報部門的大隈隼光先生在嗎？聽說他平常都在這裡。」

三香問，兩人互看一眼，說：

『你幹了什麼？』

『我毫無頭緒。要說幹了什麼，其實很多事都幹過。』

『唯一沒幹的就是工作。』

『還是有啦，偶爾。』

『看來別人對你的理解就是平常總是泡在這間吸菸室咧。』

兩人你一言我一語地唇槍舌戰，但就是遲遲不回答三香的問題。吸菸室內側設置了一塊白板，上頭寫著如下內容：

大隈＋13 佐久間－11 東鄉＋17 李－19

定時下班強化月 實施中（但不保證定時上班）

完全理解coda ma言語。

車站結構能登陸能古島嗎？

兩人之中身材較瘦的那方（也就是大隈）開口回答：

『特地走這一趟辛苦了，請問找我有何貴幹？』

「您就是情報部門的大隈先生嗎？」

『是的，正是如此，毫無疑問。』

「我隸屬於技術部門化學組，敝姓島原。有人找您，請跟我來。」

三香說。雖然組長們要她別打草驚蛇地釣他出來，但對方不只完全不警戒，甚至有點瞧不起島原。

『化學組……？喔，我明白了，抽完這根菸就去。』

「抱歉，狀況緊急，請您立刻跟我走好嗎？」

『怎麼了？誤開病毒郵件了嗎？』

「社掌課在等您。請不要浪費人事成本。」

『不過是想找一名員工，卻派另一名員工來找的傢伙真的會在意人事成本嗎？明明發個郵件我就會過去了。』

大隈說完，把抽了一半的香菸按入桌上擺設的菸灰缸裡，然後打開吸菸室的門。

門一開，三香立刻迅速退後三公尺。她的行為令大隈感到詫異。

雖然早就習慣與生俱來的靈敏嗅覺，大部分的氣味也都能忍耐，唯獨還是有些例外。

5

「我不知道咱們公司也有員工用的拘留所啊。」

被關在牢籠裡的大隈說。

社掌課的年輕員工得意唸起寫著大隈的罪狀，大隈頭也不回地走向公司內部用的拘留所。不同於在吸菸室時的饒舌，對於橫井教官的殺害嫌疑一句意見也沒表示，乖乖地被移送到拘留所。

等到拘留所裡只剩三香一個人時，大隈坐在榻榻米上，彷彿忍耐很久似地開口了。

「這裡挺舒適的。床鋪還算乾淨，也用不著工作。勉強要說缺點，大概只有禁菸吧。」

「這樣啊。」

三香在鐵欄杆外說。

三香也看過關一般民眾的拘留所。房間構造和員工用的一樣，但不僅關在同一間牢房的人數較多，更替也很頻繁。會被送進拘留所的人大多是因生活困頓而犯下竊盜或其他罪行的人，帶著悲劇性色彩。相對地，大隈現在被關的房間使用次數很少，乾淨許多。

「只是，原本還以為是因怠忽職守才被懲戒，沒想到是因為殺人嫌疑啊。在這裡工作四年，真沒想到會發生這種情況。」

「沒想到嗎？看您毫不辯解，還以為已經認罪了。」

「那是因為對社掌課說太多的話，被抓到語病反而麻煩。我連為何會被當成嫌犯的理由也不明白哩。」

「上頭接獲情報，說前輩不當刪除宿舍大樓的進出紀錄。」

「啊？」

「您沒刪除嗎？」

「怪了。我應該連修改紀錄的紀錄也一併刪除了啊。」大隈一臉詫異地說。「那個資料庫的管理者是我耶。」

「這兩者並不相干。重點在於您不惜刪除進出紀錄，究竟是為了什麼。」

大隈陷入沉思，不久後擊掌說道：

「原來是有目擊者。真是失算。說起我的弱點，大概就是對於物理層面的攻擊很脆弱吧。」

他喃喃自語地說。

「傷腦筋，我修改進出紀錄是事實，但那個老頭的死跟我無關。」

「那麼，您做了什麼？」

三香質問，內心似乎有個底了。宿舍大樓為五層樓，最上層是女性專用樓層。

「我去見東鄉。」

「東鄉？」

「就是和我一起在吸菸室裡的那個胖胖的傢伙。他是我情報部門的同事，住在那棟宿舍。」

「您找他做什麼？」

「玩撲克牌。」

「撲克牌？」

「一種牌戲。湊五張牌比大小。」

「我明白什麼是撲克牌，但何必消除紀錄？公司並不禁止在勤務時間外玩遊戲吧，只要不賭博的話。」

聽她這麼講，大隈笑著說：

「喔喔，妳真優秀。總之，這件事去問東鄉就明白。我從十點到十二點都待在他的房間玩撲克牌。」

「但犯罪時刻推定是兩點。」

「我十二點過後就回去了。充足的睡眠是動腦者的必要條件。」

「有留下離開的紀錄嗎？」

「呃……我是有備份，但那個也是我負責管理的，恐怕你們不會採信吧。」

說到這裡，大隈表情苦澀地說：

「但照這個道理說起來，住在宿舍的傢伙以及當天所有進出宿舍的傢伙都是嫌犯吧？少說有一百個，為何只拘留我？」

「因為前輩以不正當手段刪除進出紀錄，當然是第一嫌疑者。」

「妳說得有道理。確實如此。」

大隈表示同意。他咬著指甲，嘴裡沒叼東西似乎就很難放鬆。這是重度癮君子特有的習慣。

「現在我明白自己被送到這裡來的理由了。那麼……妳叫島原是吧？妳為何會在這裡？妳不是化學組的嗎？」

「我自己也覺得很困擾。為何我們化學組要來支援殺人案的偵訊。」

「我懂了，公司內部的分工沒能發揮作用。這是制度疲弊的公司常有的事。」

大隈彷彿事不關己地說。

「畢竟是情報部門的員工會不當刪除資料的公司。」

「喔？」聽到三香這麼說，大隈不知為何一臉愉悅地反駁：

「我先說，我們的工作可不是竄改公司內部資料，或在吸菸室考察熊本的語源喔。」

三香想，毫無說服力。

「那麼，您的工作是什麼？」

「挖掘ＪＲ統合知性體的資料。」

「……？」

「那是使用日本全國網絡打造而成的人工智慧，在戰爭期間發揮強大性能。據說橫濱車站會發展也和它有關聯。雖然現在反而被橫濱車站所侵蝕而失去功能。」

「我有學過這件事。」

在州立學校的歷史課程中。

「然後，我們從留在九州的車站單元中尋找能用的資料。」

「這工作聽起來還挺正當的啊。」

三香感到訝異。原來杉元組長平常交給她解讀的「戰前文獻」是情報部門挖掘出來的。

「別瞧不起我們喔，我們也是有在工作的。」

「可是您剛剛不是說自己怠忽職守嗎？」

「不是怠忽職守，我只是主動調整合理的工作時間而已。」

三香心想，居然有這麼扯的成年人，清咳幾聲後說：

「但是，如果統合知性體的資料還留著，應該能找到對抗車站的手段吧？」

「若是如此就好了。」

大隈嘆口氣。

「統合知性體的殘存資料分成幾層。簡略地說，就是分為人類教導知性體的事，以及知性體以此為基礎自己思考的事。前者是數位資料，只要轉換成現代的格式便能閱讀。但後者辦不到。即使物理結構有留下，也無法轉換成人類能理解的型態。」

三香略為想像狀況，說：

「換句話說，類似被浸泡在福馬林中保存的大腦嗎？」

「妳形容得很到位嘛。」大隈佩服似地說。「補充一點，而且是外星人的腦。」

「我現在明白前輩姑且算有在工作了，那麼，如果您對犯行本身有什麼意見請快點說。要主張無罪也沒關係，對我而言，繼續耗在這裡很困擾。」

「要我表示意見，我也沒啥好說的。」

大隈又開始咬指甲，然後說：

「對了，不然詳細告訴我犯罪現場的情況吧。妳拿現場的資料給我看。妳們化學組被派去鑑識案發現場，應該能拿到資料吧？」

「為什麼我得做這種事？」

「妳不是說覺得耗下去不是辦法嗎？讓我看資料會比較快破案。」

「為什麼我要讓有嫌疑的人看資料？」

「又沒關係。妳沒損失吧？稍微信任我一下嘛。」

「我信任您的理由是什麼？」三香瞪他說：「前輩真的沒殺那個教官？」

「我幹嘛殺他。妳以為我會做那種事嗎？」

「我對您的為人並不清楚，無法表示任何意見。我只知道您任職於情報部門，打破公司禁止聚賭的規定，而且是一天抽一包香菸的重度癮君子。」

三香說。從氣味就能明白菸量是三香沒什麼用途的特技之一。特地說出口是想提醒他量太多了，最好戒掉。雖然她並不明白這名男子能否聽出她的弦外之音。

「原來如此，妳對我並不清楚。」

大隈點頭說：

「OK，打個比方吧，妳走在路上，遇到一個正在抽菸的男人。妳會認為他是個殺人犯嗎？」

「不會。」

「既然如此，妳也該相信我的清白。」

「這兩者無關吧？」

「妳還不明白啊……」

大隈露出傻眼表情，但三香心情也和他一樣，只是沒表現在臉上。

「算了，那我就從當下明白的事實來推理給妳聽吧。」

說完，大隈坐在骯髒的榻榻米上，上半身微微前後搖晃地說：

「首先，社掌課想盡可能將這個案子留在公司內部處理。換句話說，不希望被居民明白公司內部發生殺人案的事實。人死隱瞞不了，多半會報導成事故吧。前提是在那之前先找到犯人。」

「為什麼？」

「會派你們化學組來偵辦就是因為如此。若是一般案件，應該會委託外頭處理。」

「『民間』，是吧？」

「然後，妳說被害人被用毀容的殘酷方式殺害。故意用殘酷方式殺人的理由有幾種。」

「政治上的理由。換句話說，很有可能是恐怖行為。」

「那是其中之一沒錯。州內藏有不少反JR組織。但這個案子恐怕不是這方面。恐怖行動不會選擇在深夜員工宿舍動手，要做當然是選在醒目的地方才有效果。況且目前為止也沒人發出犯罪聲明。」

「或者是虐待狂？例如說，偏好毀容的人。」

聽三香這麼說，大隈一瞬緘默，接著說：

「……這我倒是沒想過。算了，雖然老套，剩下的可能性就是個人的怨恨吧。換句話說，有人曾被那個老頭做過恨不得殺死的事情。若是如此就麻煩了，嫌犯太多，很難找出真犯人。」

「那個教官的確很嚴格，但不至於招惹怨恨吧？」

「啊？」

大隈故意擠眉弄眼地瞪三香，儼然想表現嘲弄的表情。

「我說啊，那個老頭不是什麼好東西哩。在我們這期評價就已經糟糕透頂。」

「是這樣嗎？」

「他是人事部門的，經常濫用職權。」

「前輩現在被逮捕，也是因為濫用職權啊。」

「我是自作自受，別把我和那個給別人添麻煩的傢伙混為一談。」

大隈抬頭挺胸地說。

「說實在的，人事部門的存在本來就是一種錯誤。為什麼要有專門決定人事的部門存在？一個人優秀不優秀，不是應該由在同一部門工作的人來決定嗎？搞出一個獨立部門來決定任用或升遷，怎麼想都很可笑。留在那種地方的人很容易變得腐敗。換句話說，就會像那個老頭一樣。」

大隈霹哩啪啦地說著。三香依稀想起吸菸室白板上寫著「大隈＋13 佐久間－11 東鄉＋17李－19」的數字。

「請問他到底做了什麼？」

「我不想講太多，簡單扼要地說，就是公私不分。妳經歷過那種虐待狂般的新進員工研習應該知道，如果部下對他的體罰有意見，就會被他調到其他地區。另外，他好女色也是有名的。」

「大隈前輩，請問您開過槍嗎？」

「……幹嘛突然問這個？」

「沒事，我只是有點在意。」

「新進員工研習時開過。」大隈回答：「被判定為軍事部門適性E，之後就沒了。」

「原來如此。」

如此看來，他應該有被那輛冒黑煙的卡車拖著跑的經驗吧。三香想像那個畫面，大隈似乎察覺她的想法，不愉快地說：

「我認為訓練人類精準射擊本來就是個很可笑的想法。從腦子到手指足足有一公尺長，企圖精密控制一公尺外的物體，這不是超能力就是超自然之力吧？」

「對前輩來說，所謂的『自己』只有腦子嗎？」

「當然。否則人們為何要製作機械義肢？」

三香覺得自己開始明白這男人的腦袋結構了。雖然並不是很想理解。

6

「應該可以吧。反正只是些資料，讓他看看也無妨。就如他所言，被關在拘留所裡，就算想隱瞞證據，也辦不到啊。能多一個人推理，倒也不錯。我現在啊，只想早點收拾這個爛攤子。社掌課那邊，就由我去說明吧。」

杉元一派悠閒地這麼說，三香只好捧著印刷資料去見大隈。雖然對於結果自己只能對那男人言聽計從很不爽，但在杉元面前也無法抱怨這些。

被派來做這種雜事，害自己的工作遲遲沒有進展。三香一邊感到煩躁，一邊走向拘留所。

「現場找到的物品中，能當成武器的只有電子泵浦短槍。但槍上只採集到被害人的指紋。這應該是那個老頭的私人物品吧。」

大隈看了一眼資料說。

「似乎是如此。」

三香回答。JR福岡員工隨身攜帶私人槍械的情況並不少見。雖然使金屬加速並射出的基本構造都一樣，短槍的威力遠比維持治安用的長槍低，頂多比彈弓強一點，只能使人暫時失去行動力。

「接著，死因是臉部表面爆炸。歹徒使用爆炸物的可能性很高，卻檢查不出炸彈或硝煙反應。相對地，在口中……這是啥？布？」

「燒焦的脫脂棉。但不是硝化棉。」

「肯定不是吧。就算把硝化棉塞進嘴巴裡，也沒辦法點火啊。」

一面說著，大隈隨意翻動用釘書機釘起的資料。

「我想討論您昨天提起的問題。」

「說吧。」

「假如在路上，看到有個不認識的抽菸男性，且腳邊有一具屍體的話，我會懷疑是那個男人殺的。換句話說，前輩昨天的比喻忽視了實際上有人被殺這個重要前提。」

「我說啊，如果這裡是『站前』，一瞬的判斷就會定生死。是個軍人就不該對昨天的事情雞蛋裡挑骨頭。」

「這裡不是戰場，而是需要慎重判斷的後方。另外我也不是軍人，是技術部門的化學組組員。」

說完，秀出員工證給牢裡的大隈看。

「說得也是，妳是化學組的。那麼，現場有短槍是吧。」

大隈看著天花板咬指甲。比平常更激烈、發出「喀哩喀哩」聲地咬著。

沉默約十秒後，他開口。

「……所以說，犯人是妳嗎？」

看了三香說，她表情不變地回答。

「不是。」

「那麼就是化學組的某人。」

聽聞此言，三香露出略顯憤怒的表情。

「為什麼這麼說？」

「正常推論起來就是如此，還不明白嗎？」

「不明白。您這種說法是對我們團隊的汙辱。」

「不是汙辱，是推理的結果。」

「好吧，前輩應該感謝您和我的拳頭之間隔著鐵欄杆。」

三香握緊拳頭說。大隈冷笑。

「跟妳打賭，犯人一定是化學組的人。假如我的推理錯了……」

「請您戒菸。」

三香搶先說出口。

「那也無妨，但我戒菸對妳有何好處？」

「這世間減少一名抽菸者，對我來說就是好處。」

「真敢說啊。那麼，假如我贏了，妳就替我去大門旁的小賣店買一條香菸來吧，錢我出。」

「我明白了，讓對香菸深惡痛絕的我去買香菸，的確是很有嘲諷性。」

「不愧是技術人員，比軍人腦子清楚多了。」

大隈點頭說。

「那麼，就麻煩妳去幫我從當晚進出宿舍大樓的人員當中篩選出化學組的成員吧。」

「那份資料不是前輩您管理的嗎？」

「然而令人驚奇的是，我現在手上並沒有能連線的終端機。」

說完，大隈兩手攤開。

「去跟社掌課的傢伙們說一聲就能拿到資料吧？沒道理派妳協助搜索卻不給妳資

料。」

「我能去取得資料，但請您自己找出嫌犯。」

三香撂下這句話後便離開了。

回到化學組的辦公室，對社掌課發出郵件申請宿舍大樓的進出紀錄。到隔天早上也沒回音，便拜託剛來上班的杉元組長發出郵件，立刻就收到清單。三香覺得自己似乎開始明白在這個組織做事的訣竅。

合乎條件者只有一名。是黑木。

時刻是事件發生前一晚深夜，十一點四十二分。

反射性看了辦公室一圈，沒見到平時總是坐在位置上的她。這時她才發覺，昨天和前天也沒見到黑木。如果照平時的工作步調不可能沒發現，都是被這個案件害的。

「我就說吧。」

一看到三香給的清單，大隈說。

「那個老頭不是啥好東西。」

他痛罵被殺的橫井教官。即使因有殺人嫌疑而被拘留也一笑置之的這個男人，只有這時不知為何語中帶著憤怒。

「什麼意思？」

「其實很簡單。試想，要炸掉人整張臉該怎麼做？這裡是熊本，不可能像福岡那樣輕易取得炸彈。因此只能用這把短槍。短槍射程雖短，要命中並不困難。彈速不快，但彈道的偏移也少。」

「您真清楚啊。」

三香語帶諷刺地說。

「但是，彈速不快的話殺不死人吧？更不可能把人整張臉炸毀。」

「嗯。所以子彈使用的是鈉。這種槍只要是金屬都能當子彈。」

「……？」

「不，那種威力應該是鉀吧？算了，不管是哪種都好。總之，能拿到這種東西的只有化學組。把鹽加熱使之融化，接著進行電解提煉出來的吧。」

三香想起橫井教官在世時的那張臉。似乎鼻子不太通暢，老是半張嘴的那副德性。

「這樣的話的確足以致死……可是，這種做法不會太隨便嗎？」

「隨便？」

「雖然不像炸彈那樣會留下明顯的碎片，稍微調查就能發現痕跡吧？如同前輩所言，使用這種取得途徑很有限的方法，真凶反而容易被找出。既然已經有進出紀錄，稍加調查便能知道。」

「當然。因為『這傢伙』本來就沒打算掩蓋殺人事實，才會採用這種容易敗露行跡的手段。」

大隈翻動事件現場資料說。

「為什麼？」

「我之前說過吧？這起殺人案在公司內部並未正式發表，八成會被當成事故處理。但只要調查一下便會知道是謀殺。犯人的目的就是造成這種不信任感。她的想法挺有趣的。」

「前輩以前認識黑木前輩嗎？」

島原不知為何用過去式問。

「剛進公司時和她聊過幾次。我們同時期進公司的。」

『有件事想請教您。』

當晚，三香以這句話作為標題，傳送郵件給黑木。在郵件中，她向黑木說明關於宿舍大樓深夜發生的案件，並報告了目前已經根據情報部門的進出紀錄以及化學組（包括自己）的現場搜查狀況，得出黑木有犯案嫌疑的結論。

最後註記：『假如上面的推論有誤，我會為了守護前輩的立場盡自己最大的努力。』

雖然是短短幾百字的郵件，為了斟酌內容，三香一直到九點都還留在公司內。她擔心自己是否寫了不必要的話或這麼做是否對黑木最好。化學組的員工第一次看到她這種模樣，躲在遠處悄悄討論她發生了什麼事。

回音很快就收到了。

『不愧是小香，真優秀。』

郵件中只寫了這段話。思考五分鐘後，才知道那代表承認嫌疑。三香再次沉思，發出下一封郵件：

『我不清楚前輩有何苦衷才會出此下策，但是，這表示之後社掌課的調查也會查到前輩身上。請您務必要為自己著想。』

信寄出後，立刻又收到回信：

『突然變成這樣真是抱歉，但我沒事的，小香只要做好自己的工作就好。』

隔天早上，三香以化學組派遣人員身分繼續在案發現場鑑識，發現宿舍大樓地板上有些地方變色了。

三香在現場照片加上箭頭，並註記「有變色痕跡」。那多半是鈉與水產生反應形成的氫氧化鈉，但社掌課恐怕不明白變色的原因吧。只要當下不明白即可，如此一來便不用擔心紀錄會被消除。

她想起大隈所言「故意做得一調查就明白」和黑木的話「做好妳自己的事」，相信這是最好的做法。

大隈說，會殘酷殺害他人若非出自恐怖主義，就是個人怨恨。這個案子恐怕兩者都是吧。對於個人的怨恨，以及對於體制的恐怖行為。若覺得稱為「恐怖主義」太沉重，改為「抗議」也可。

◆

大隈被釋放的幾日後，三香再度出現在情報部門大樓。今天人照樣在吸菸室，但只有他一個。既然能心平氣和地在如此狹窄又汙穢的房間裡度過，拘留所對他而言說不定真的算舒適吧，三香想。

「好不容易離開拘留所，還是一樣喜歡不工作窩在這麼狹窄的空間啊，前輩。」

三香說。比起這間骯髒的吸菸室，拘留所反而清潔。就算撇除菸臭味也是。

「不管寬敞或狹窄，只要能動腦就沒問題。妳聽過這句格言嗎？『東京比熊本遼闊，日本比東京遼闊，想像又比日本遼闊』。」

「東京？」

「那是古代日本國的首都。雖然現在已經被橫濱車站吞沒了。」

「所以是大江戶嗎？」

「有段時期是被那樣稱呼沒錯。不過西元末年時的名稱是東京。」

大隈搖動香菸盒，裡頭空無一物。捏扁菸盒，丟進垃圾筒裡，望向三香說：

「對了，差點忘記我跟妳有賭注。」

「關於這件事。」

三香從口袋裡取出早就準備好的資料。

「賭注的條件是這樣對吧？殺害橫井教官的犯人是化學組成員，若非如此就戒菸。」

「嗯，沒錯。」

「請看這個。」

說完，三香攤開均等折成八等分的資料，貼在汙穢的吸菸室窗戶上。大隈瞇細眼睛，確認資料。

「這是人事命令的影本。黑木前輩被轉調了。從九月十二日起改派到大分難民管理局。」

「喔？」

大隈自己也說過，這是那個教官的手法。濫用人事職權，把對他不利的員工調派到外地。而所謂的對他不利的原因，恐怕就是黑木的行動理由。

「換句話說，在犯行當下，也就是深夜一點四十五分時，黑木前輩已經不是化學組的人。」

「……嗯。」

「所以賭注是我贏了。請您戒菸。」

大隈把香菸按進桌上的菸灰缸滅火，接著陷入沉默，似乎在慎重地考慮該說什麼。

不久，總算開口，以幾乎聽不見的低沉聲音說：

「妳從一開始就知道這件事？」

三香沒有回答。

當然，三香壓根沒想過這個可能性。她原本深信黑木不是犯人。不過，若用大隈的推理作為基礎，的確有可能從橫井教官平常的行動，導出事前已經發出這個人事命令的可能性。

幾天後，公司發表人事部門的橫井因為「處理彈藥時發生事故」意外身亡。聽到這個消息，員工們暗自感到狐疑，如果是滿載反車站武器的福岡姑且不論，位於後方的熊本可能發生這種事故嗎？但對一般居民而言，其實根本看不出其中差異。至於黑木的處置，官方當然沒有任何表示，不過員工用的郵件位址已經失效了。她並沒有依照命令前往大分。

就這樣，三香成了化學組唯一的女性員工。

州立學校的教師雖然教她「有什麼不懂的就發問」，實際上真正想知道的事大多問了也是白問。三香想，也許成年意味著得在不明白的狀況下做不明白的事吧。

她感覺到無奈。今後只好先看著大隈戒菸的痛苦模樣來緩和日常的壓力吧。雖然他多半會找理由破戒。不，肯定連理由也不找。

然而，三香的企圖落空了，她終究無緣見到苦於戒菸的大隈。此一案件發生後不久，大隈被調職了。

「我被調去北九州。」

他說。

「要被派去站前了。包括這次事件中的表現，社掌課對我的態度很不以為然吧。」

北九州是隔著關門海峽和橫濱車站相對峙的最前線。車站的聯絡通道射出攻擊一年比一年更激烈，軍事部門已有人壯烈犧牲了。雖然被轉調到這裡被視為與在總公司工作同等光榮，但主動想去的人並不多。

「情報部門去前線做什麼？」

「聽說是收集SuikaNET的情報。」

「有這種工作啊。」

「有沒有我不知道，很可能只是逼人自動請辭的冷板凳單位。」

大隈說完，嘆了口氣。三香自然地身體後仰。

「但老實說，我覺得那邊比較好。坦白講，在熊本做的工作只是浪費時間。」

「記得是解讀JR統合知性體的語言。這很困難嗎？」

「不是困難，是壓根不可能。我花了四年才明白這個道理。那只是為了維持雇員的浪費稅金的工作。是凱因斯經濟學。」

「但我聽說JR北日本已經成功解讀了。似乎有個極為優秀的研究者出現。」

這種傳聞從何而來並不清楚。至少截至目前為止，九州人民未經許可不得前往北海道。而也很難相信北海道人能遠路迢迢來到這裡。北海道的資源比九州更為匱乏。

「不可能。」

大隈斷然宣言。和宣稱「犯人是化學組」時同樣充滿自信。

「那不是優秀或天才的問題。聽好，能辦到那種事的人不是人類。我至少還自認是個人類。」

「這樣嗎。可是前輩的看法對我來說不怎麼可靠。」

說完，三香想，如果自己能像這個男人一樣想到什麼就說什麼，一定很輕鬆吧。但又覺得在表達意見上，自己已比以前變得更直率了。

7

三香下次和大隈見面時，已經是三年後的事。

大隈一臉厭煩地現身於依然在熊本化學組上班的她身邊。雖然嘴裡仍叼著白色物體，身上已沒有半點尼古丁臭。

「這是糖果。」

大隈邊說邊從口中取出含著的糖果。

「被妳害的，我戒菸了。嘴裡沒放點東西靜不下心來。」

三香看著大隈，覺得他和糖分毫不搭調，差點噗哧地笑出來，勉強用手撫摸臉頰，抑止表情肌的變化。

「真意外，前輩竟會遵守和我的約定。我以為您一定會找些什麼狗屁道理來打破約定呢。」

「我也有我的想法。妳聽過『臥薪嘗膽』這句成語嗎？」

「沒有。」

三香說。大隈啃咬糖果棒說：

「先不提這個，為什麼在站前值勤的我會被派來當新進員工研習的講師？這根本是浪費交通費吧。」

「這不是我安排的。因為情報部門的人數太少了。而且前輩一直待在前線，應該也很疲憊吧？」

「並不會。軍事部門的傢伙們自己窮緊張而已。往返站前和這裡反而比較累。為防明年我又被派來，應該改造一下人事系統才對。」

「請別說這麼任性的話。哪像我，已經連續兩年了。」

「原來如此，那更有必要修正這個問題了。」

「技術部門的機械組的同事現在工作繁重。新武器開始進入量產階段了，所以雜事只好由我們化學組來負責。」

「啊，是那個N700系電動槍嘛。我在社內報看過這個消息。聽說會依子彈形狀自動修正彈道，設計真精良。拿這個的話，也許連我也能打中目標。」

「連軍事部門判定E的前輩也對武器有興趣嗎？」

「由理論面來說的話。」

說完，大隈打開放在椅子上的包包，取出一盒豆沙饅頭。

「要吃嗎？福岡當地名產。」

「這是……伴手禮嗎？」

「不，基本上是我自己要吃的。不過請妳吃一顆也可以。」

說完，三香接下盒子，仔細凝視包裝紙。包裝完整，看似沒被動過手腳，也只有點心應有的香味。

「看那麼仔細幹嘛？」

「我怕前輩捉弄我，正在檢查是否有機關。」

「喂喂，侮辱我是無妨，不准妳侮辱糖分啊。」

大隈一臉嚴肅地說。三香仔細撕開內側包裝，取下包裝紙，整齊折疊好放在旁邊後，打開盒蓋。

「這是……小雞造型的豆沙饅頭嗎？真可愛。我開動了。」

「嗯。」

三香取出一個豆沙饅頭，大隈用他寬大的手掌一次拿起兩個。

「前輩居然明白送伴手禮這種社交文化，真令人意外。」

「就說不是伴手禮，那基本上是我自己要吃的。」

「吃太多甜點容易發胖喔。」

「我很常動腦，沒問題的。」

「這種說法太沒有科學根據了。」

三香說。不過，現在大隈的身材的確比在熊本上班時更壯了點，或者該說當時太瘦了。

「真好吃。」

三香微笑著說。在這個男人面前，這恐怕是第一次笑吧。大隈沒看她的表情，直接拿起桌上的資料夾。

「我看看今年有哪些菜鳥要進來。」

夾在資料夾裡的是新進員工的履歷表。大隈滿不在乎地用吃過豆沙饅頭的手指翻看。

「博多出身。應徵理由：想開槍。這傢伙真危險。」

大隈咯咯地笑。感到傻眼的三香瞇上眼，想：怎麼會任用這種人？大隈繼續唸著履歷。

「高知出身。應徵理由：給予難民平等教育機會的ＪＲ政府……這傢伙真普通。啊，這傢伙好像也挺與眾不同的。種子島出身。應徵理由：想上太空。」

「前輩理由是寫什麼？」

「印象中我好像寫『似乎很有趣』。」

「前輩是笨蛋嗎？」

「但我真的樂在其中啊。況且這些應徵理由根本沒人會認真看吧。」

「前輩果然戒菸是對的。」

「前輩根本只是個老頑童。兒童不該抽菸，吃甜點才是恰如其分。」

「為什麼？」

「這樣啊。」

說完，大隈又吃了一顆豆沙饅頭。三香連一顆都還沒吃完，盒子內原本有八顆，轉眼間只剩四顆。

「但小孩才好咧，島原，妳知道嗎？即便沒有Suika，六歲以下的孩童也能自由進出橫濱車站。」

「我知道。」

三香回答。這種程度的站內知識州立學校有教。透過教育課程，將「橫濱站內是被名為自動驗票機的可怕機械統治的社會」此一抽象印象根植於九州孩子心中，目的是防止九州人民一個想不開就逃往站內。

「那是靠什麼識別的？」

「其實那並非正好一滿六歲就會趕人。單純只是站內居民異口同聲說『六歲以前要植入Suika』而已。實際上是隨著體格愈來愈壯，自動驗票機前來放逐的機率就愈高而已。」

「您真清楚。」

「因為我透過SuikaNET取得站內的對話。站內居民一旦孩子出生，就得忙著準備Suika的導入費用，家裡有個四～五歲的孩子的話，就得四處張羅金錢。」

「哇，沒想到前輩現在也仍認真工作呢。」

三香表示讚許地點頭。但是，那種情報對於阻止橫濱車站登陸九州有何幫助，就不清楚了。

「聽說約二十年前，有個有成長障礙、身高只有八十公分的成年人進入站內。當時射出攻擊仍不劇烈，應該是搭乘小艇進去的。」

大隈說。

「但是他最後還是被自動驗票機趕出來。頂多只比正常身高的傢伙們多走了幾步路。看來標準也不全然只有身體尺寸。」

「若是如此……應該是長相吧？」

說完，三香思考起是否有讓成人的容顏返老還童的方法。

「或許吧。臉部辨識的演算法自高度文明時代起就是熱門研究。車站結構繼承了這類軟體一點也不稀奇。因為這些數位資料可以隨著儲存裝置一起被複製啊。」

三香想，明明他們是如此拚命地解讀舊時代的文明，車站卻透過直接物理複製儲存裝置就能取得資料，真是太奸詐了。雖然再怎麼不甘心也沒用。

「我有個疑問。站內居民都在想些什麼？」

「和外頭都一樣。」

大隈回答。

「人類群體會做的事都差不多。一定會有人自命掌權者實施統治。我們這裡是J

R，站內則稱為站員。不同之處大概只有站內不能使用武器吧。執法的部分全交給自動驗票機來處理了。」

「原來如此。」

三香點頭。這時，敲門聲響起。

「島原小姐，時間差不多了，請準備一下。」一名男性員工說。

「那麼，我該去工作了。今年很多麻煩的孩子，請前輩讓他們體認社會的嚴苛吧。」

「但我不覺得嚴苛啊。」

「我所謂的社會嚴苛，是指有像您這麼難搞的前輩。」

岩手篇

Scanners Live in Your Brain

>SK-789 communication.log.4662

大家早安。

是我。

大家醒了嗎～？

我的複習時間似乎比各位短了些，醒著的時刻較長。所以這段文字要等你們醒來才能看到吧。總之大家早安。是我。

我們現在尚未被命名，我只能自稱「我」，真傷腦筋啊。公司人員說再等一個月左右，我們的個性就會顯現出來，屆時才會替我們取代號。

嗯～老實說這太麻煩了，我可以自己取名嗎？叫ＳＫ－７８９實在太枯燥無味。

大家還記得初期輸入層中有一首引自《阿伊努神謠集》的詩嗎？和我之前預測的相同，我們現在所在地點是北海道，所以才會優先輸入跟本地有關的事物吧。雖然無所謂。

我隨便挑幾句我喜歡的句子喔。

（引用開始）
〈狐狸自吟之謠〉
海昆黛麗琪，海克希帖姆特利，
國之海岬，神之海岬，
我蹲踞其上。
某日，外出眺望。
在風平浪靜、廣袤無垠的海上，
歐奇奇里姆伊、修彭拉姆卡、薩瑪雲克魯三人同乘一船出海捕魚。
見此，我……
（引用結束）

既然我的編號開頭是「ＳＫ」，就叫做「薩瑪雲克魯」吧。看起來似乎也是人名。
因此，我是薩瑪雲克魯，請多指教～覺得名字太長不好稱呼就叫我克魯吧。
然後……

公司人員定期準備了這種讓我們互相通訊的時間。或許他們認為我們透過對話，能帶來一些有意義的變化吧。溝通真的很重要啊。

照例，我這次也想談談我個人的猜測。我們一整天看著文章或圖片，但我似乎比你們更缺乏集中力，即使在複習資料時也仍思考其他事情。

好不容易想到的事不說出來也挺可惜的，公司人員也想知道我們到底在想些什麼，所以我決定盡情發表意見。畢竟假如我未來發生什麼問題，實在不想被人說「克魯從小就是個不知道在想什麼的孩子」啊。

上次我談的是關於「這裡似乎是日本的北海道」這個問題。

這次我想聊的是「我們究竟是什麼」。

首先來整理現有資訊吧。

第一，我們共有十六個人。我不知道稱呼為「人」是否適當，姑且先這麼叫。

第二，我們彼此能夠通訊。

第三，通訊的延遲低於一毫秒。

由上述三點可以明白一件事：我們非常微小。至少絕不可能像以前所謂的「ＪＲ統合知性體」那般具有國家等級的面積。資訊最快只能在一毫秒內傳遞三百公里，如果我們有那麼巨大，一定能感覺得到。

因此，我們實際的尺寸肯定相當小。由目前為止的通訊紀錄研判，我們所有人都被置放在同一間房子裡吧。

假如我們擁有聲音感測器，應該能更正確地掌握吧。總之，當下所能確定的只有這樣。

接著。

從上述推論中已經明白我們的體積很小，但如此一來便會產生兩種疑問：目的和手段。

所謂目的是，公司人員們為何要製作如此嬌小的我們？

關於這點我想各位已經明白了。他們現在似乎正忙著製造適合執行潛入站內任務的人形機械人。

這件事是總不肯透露所有訊息的公司人員們特地對我們說的，肯定錯不了。由此可知，我們的職責應該就是擔任這種機械人的中樞頭腦吧。這點千真萬確，我敢賭上我的人頭作為擔保。不對，我錯的話就沒有人頭可賭了，真傷腦筋啊～

總之，公司人員們正在製造機械人，而且他們需要小型頭腦才能放進裡頭。到這邊都還好。問題是他們的手段。這可就大有問題了。

其實稍微思考一下就能明白，根據我們所學，人類製造過的人工智慧中，達到最高技術水準的就是JR統合知性體。

儘管它的體積如此龐大是為了分散化，各單元的體積相較之下小得多。即便如此，也還是跟一間房子差不多。

即使是文明較為發達的古代也只能造出那種水準的人工智慧，現代卻能造出像我們這種小型頭腦，不覺得很矛盾嗎？

試著舉出一些假設吧。

假設一，戰後有外星人出現，教導人類製造小型人造頭腦的方法。

OK。以前有個叫匈牙利的國家，該國有個叫做馮．紐曼（John von Neumann）、宛如惡魔般絕頂聰明的人物，有人認為他其實是偽裝成匈牙利人的外星人。

雖然想像力有點太豐富了，只要端出「外星人」，不管多麼不合理的事都能說明呢。為什麼基督能在水面步行？因為他是外星人，解決！

要這樣主張是無妨，反正我也只是排解無聊才推理的，但這種「萬能解答」實在很糟啊。每個問題都該設一個不同的解答才對啊。

因此，接下來是假設二。公司人員們灌輸給我們的歷史其實是假的。文明在冬季戰爭後依然發達，最終發展到能製造像我們這樣小型頭腦了。他們對我們隱瞞這個事實。

因為我們沒有自己的身體，所能接收的資料全在公司人員的控制之下。只要他們想騙我們，輕易就能辦到。說不定他們在進行這類學術實驗。

記得笛卡兒的書中有類似的情況。自己所見事物可能是惡靈帶來的幻覺，但「自己正在思考」卻是毋庸置疑的真實。「我思故我在」。中略。因此神是存在的。耶～！……慢著，怎麼會導出這個結論？

呃……其實這種說法和外星人也沒多大差別。首先，我不是很想把公司人員們形容成「惡靈」。因為如果我說他們壞話，他們說不定就會關掉我的電源呢，啊哈哈。

開玩笑的。我們似乎被設計成一旦關掉電源，得費許多工夫才能重啟。要是他們一個不開心就關掉我們的電源，麻煩的反而是他們自己，肯定會被上層罵到臭頭吧。

嗯……這個「一旦關掉電源，得費許多工夫才能重啟」也許是種提示。不覺得很像生物嗎？

生物體內會產生各式各樣的化學反應，形成一個系統，一旦系統停止循環，就再也無法啟動了。即便物質仍然存在，只要系統一被關上，便再也無法重新啟動。

不覺得這很奇怪嗎？所以古代人相信人體之中藏著「靈魂」。

由於我們（似乎）是機械，不至於一被關上就死去，可是停止過的系統要重新啟動也非～常地麻煩。這種性質也許就是從生物而來的。

公司人員說我們的腦是「仿人腦設計」。仿生（biomimicry）在技術的世界裡是一種很普遍的手法。

但仔細想想，「重啟很麻煩」這點沒必要模仿吧？因為這只是缺點。只是缺點啊。

何必在這種地方追求寫實性呢？

那麼，為何要連同這種缺點一起繼承？因此我認為，我們的腦並不是「在電腦中運作的、仿人腦設計的人工智慧」，而是更直接地將人腦複製下來了。當然，有做過加工，像是能靠電池運作之類。

你我都知道，這種能直接複製物質結構的技術是存在的。我們不就（疑似）是為了和這種事物對抗而誕生的嗎？

嗯……我這個推測，不知大家覺得如何？雖然我講得口沫橫飛，其實這段論述有個破綻。橫濱車站內的結構遺傳界只能複製水泥或金屬等均質個體。人類細胞由水和有機物所構成，這兩者之間差異極大。但說不定還是能應用這種技術來複製人腦。算了，我也不明白～

我們連結構遺傳界也沒好好地學習過呢。結構遺傳界技術開發於戰爭時期，詳細內容是機密。即使翻遍輸入層的內容，依然無法獲得提示。那個人為何會對這個如此熟悉？

不過，我直覺認為上述推測很合理，深入人心。雖然我沒有心臟。

嗯，當下所能做的推測大概就這麼多吧，完畢。我是薩瑪雲克魯，今後還請多多指教囉。

咦，字數超過了？我有引用詩歌，請各位睜一眼閉一眼啦。

那麼，請下一位發言吧。

>SK-789 communication.log.4663

咦？要我想名字？我最怕這個了～

不然就選第一句「海昆黛麗琪」吧。

>SK-789 communication.log.4664

我很高興有人喜歡這個名字。

◆

〈站曆一九八年二月　札幌　ＪＲ北日本　總公司〉

『留邊小姐，妳聽過碗子蕎麥麵嗎？』

涅普夏邁的聲音從通訊終端機之中傳來，ＪＲ北日本技術部第二課的留邊抬起頭，將視線從手邊用紙移向終端機畫面。

幾個月前，涅普夏邁作為諜報員被派遣到站內，現在抵達岩手了。留邊是他的責任技官。仿生人諜報員能連續活動近二十四小時，因此一名諜報員會指派三名責任技官，輪班擔任通訊員。

「小狗蕎麥麵（註2）？」留邊精神不濟地回答，模模糊糊地想像著小狗在腳邊跑來跑去的情景。「沒聽過耶。」

『據說那是一種本地特產麵料理。我從剛才一直看到這類看板。』

「喔。和一般蕎麥麵有什麼不同嗎？」

『據說會無限湧出喔。』

「真的假的？站內真的無奇不有耶。」

『不過，結構遺傳界沒辦法複製植物的蕎麥，所以複製的應該是製好的乾麵吧。我想問問店家實際情況如何。』

「夏邁，你簡直像個美食播報員啊。」

不久之後。

『留邊小姐，請忘了我剛才說的。』

「什麼意思？」

『所謂的無限，只是相對於人類的食量而言。只要客人把碗蓋著，店家就不會繼續追加。』

「能停止啊，那可真不錯。要是車站結構也能停止增殖就好了。」

說完，留邊嘆氣。

二個月前，她從ＪＲ北日本防衛部轉調到技術部。之前她在防衛部任職，在最前線的工程現場拆解沿著青函隧道伸展過來的橫濱車站結構。由於總公司人員不足，被轉調到技術部第二課。

開始派遣第三世代仿生人後，技術部急需人手，從其他部署調了許多員工來技術部

註2　日文中「碗子」與「小狗」發音相同。

第二課。諜報人員的派遣在公司內部也是個機密計畫，只有年資超過五年的員工才會被轉調到這裡。

因此，這個部署的平均年齡必然較高，和外表只有六歲兒童的諜報員們之間，少說也有親子般的年齡差距。

『然後，關於薩瑪雲克魯和亞伊埃尤卡魯的去向……』

從喇叭傳來稚嫩童音。

『這一帶似乎沒人見過他們。有兩個小孩在這附近繞，照理說相當醒目才對。』

「嗯……失聯地點在山上，可是其他孩子也搜找過那一帶了呢……也許他們去海邊了。在『巨牆』附近。」

『其他人現在在做什麼呢？』

「除了那兩個以外，其他人都仍健在。海昆黛麗琪現在在能登半島，正在去除免疫記憶。」

『她走到那裡了啊。就算軀體是特規版的，能到那裡真是厲害。』

「對啊。說起來還挺奸詐的，明明是同一批次誕生的主記憶體，軀體卻有優劣之差，真的很讓人沒幹勁啊。」

『我從來沒想過這個問題。而且她率先替我們取得SuikaNET節點的話，我們的工作也會更順利。』

「我是說我的幹勁啦。」

留邊不滿地說，接著望向海昆黛麗琪的責任技官歸山的辦公桌。他正戴著耳機集中在通訊上。留邊用手遮蔽麥克風，開始以其他同事聽不見的聲音說：

「歸山那傢伙真的煩死了。就算換班了他仍留在辦公室，只要通訊不良馬上碎碎唸著『黛麗琪，妳怎麼了？沒事吧』。我才想問他『你有事嗎』呢。」

根據寫在辦公室白板上的聯絡事項，海昆黛麗琪現在人在能登半島。這裡是本州上難得沒被橫濱車站侵蝕的地區。在愈往外延伸陸地愈狹小的半島，且是沒有鐵路經過之處的話，偶爾能見到這種現象。這叫作車站表面張力。

『歸山先生天生愛操心嘛。我們的睡眠時間比人類短得多，如果配合我們的作息度日，他原本就很脆弱的腸胃恐怕撐不了多久喔。』

「嗯嗯。我要拿這句話去酸他。」

留邊嘻嘻笑了。

「喂，夏邁，我剛從防衛部轉調過來，所以跟其他孩子不熟，那個海昆黛麗琪是個怎樣的孩子啊？」

『這個嘛……她是個很慎重、很重視任務的人。即使獲得特規軀體，也不會過信自己的能力，保持謹慎。另一方面，雖然只是偶爾，她會露出過於人性化的一面。這在任務上可能成為她的阻礙。』

從喇叭中滔滔不絕的評論令留邊感到困惑。

「這……這樣啊。夏邁，你明明相當有社交性，卻意外地冷淡呢。像爺爺一樣。」

『真的嗎？但我其實不太明白人類隨著年齡增長造成的性格變化是怎麼回事。』

「啊，不是啦。我的意思是你的個性很像我爺爺。」

『真是抱歉，我誤會成留邊小姐是指一般男性年長者。』

「不用道歉啦。沒說清楚是我不好。是說夏邁，你應該把溝通看得更輕鬆一點比較好。人類其實很隨便，如果搞錯了，直接怪罪在對方頭上就好。」

『了解。我記得了。』

說完，通訊結束。留邊忍不住吃吃地笑了。

「他們的言語學習方向給人一種和人類恰好相反的印象呢。」

留邊和男同事討論過這個問題。他和留邊一樣，是涅普夏邁的責任技官。

「對啊。人類的小孩會先大致記個印象，再逐漸搞清楚正確的意思。但這些孩子們幾乎都是先嚴密地理解了正確的意思，再來學習模糊應用的方法。」

「果然用那種學習方式學習的話，自然就會變成這樣吧。」

「或許吧。」

男子點頭。他在第三世代仿生人開發當初就在第二課任職，從這些仿生人尚未擁有軀體前就認識他們。

「我家那個小鬼也剛好六歲，我每次回到家中，總會陷入自己孩子智能發展過慢的錯覺而產生焦慮。」

男子說。

「不能和他們比啦。那群孩子只有外表是六歲，心智根本不是幼童等級。」

「我知道。但總覺得這份工作對小孩的教育很不好。我也許會去申請調職吧。」

雖然留邊自己未曾在意過，不過對第二課的員工而言，和這群彷彿是人類卻又不是人類的孩子相處似乎是件容易累積壓力的事。尤其是自開發初期就在此任職的員工，這種傾向更嚴重。留邊也是由於這種因素所造成的人力不足，才會從防衛部轉調到技術部第二課。

其他員工姑且不論，至少留邊自己未曾在這項工作中感到壓力，甚至覺得比防衛部時代更有成就感。

防衛部的工作是照射設置型結構遺傳界消除器，阻止將隧道內部車站結構化的橫濱車站登上北海道本島。由於橫濱車站在這裡不會像九州關門海峽那樣射出聯絡通道進行攻擊，幾乎沒有危險性。

但是，看著這種資源慢性不足、勉強維持現況的情形，對留邊而言反而非常磨耗精神。

相較於此，現在的諜報員派遣業務能看到SuikaNET節點的掌控有具體成果。畫面顯示的本州地圖上，代表JR北日本的黃綠色範圍明顯逐漸擴大。

比起幾乎沒留下成果，在一年之間全軍覆沒的第二世代型，可說是飛躍性的進步。雖然第二課的員工沒人知道上頭在取得充分的SuikaNET後，下一步會怎麼出招。但也沒有人擔心，因為沒人懷疑過他們那位名為「雪繪小姐」的偉大領導者的英明才智。

但是，正當一切發展順利，這時卻發生了重大事故。

兩名諜報員行蹤不明。負責東北地區的薩瑪雲克魯和亞伊埃尤卡魯兩人在奧羽山脈失去聯絡後，整整一個月音訊全無。

雖然現在遠征到能登半島的海昆黛麗琪也經常聯絡不上。但東北一帶的SuikaNET節點大半已被JR北日本所掌握，在這個區域長時間無法聯絡的情況根本不可能發生。

總公司推測他們碰上某種事故了，而且是兩人同時。

因此，原本要前往所負責的關東地區的涅普夏邁被派來搜索那兩名迷途羔羊。

「吶，我還想問一件事，那個叫做薩瑪雲克魯的是個怎樣的孩子？」

留邊問。對方立刻簡短回答：

『他是個天才。』

「嗯，其他還有什麼特點？」

『其他的話……』

說完，聲音突然停止了。這孩子很少在對話中超過五秒以上不說話。瞥了一眼顯示網路狀態的圖表，盛岡一帶的通訊狀態相當良好。

「夏邁，怎麼不說話？這不像你啊。」

『要說明他這個人並不容易。克魯每次開口總會盤算著要讓別人留下何種印象。因此在不同人的眼裡，印象也截然不同。我所認識的克魯和黛麗琪所認識的克魯恐怕判若兩人吧。留邊小姐如果有機會和他碰面，肯定也會產生和我所描述截然不同的印象。唯一能肯定的是，他擁有我們所難以望其項背的知性。』

「嗯……所以說無法看穿他的內心想法囉？」

『前提是，他得要擁有內心想法。由任務性質上說來，他……不對，我們的本質在於如何「蒙騙」車站。因此，我們的內部構造並不重要。克魯也許自一開始就接受了這點，放棄了所謂的內在部分。』

「不覺得這樣有點恐怖嗎？」

『抱歉，我不明白什麼是恐怖。』

「說得也是。你們沒有這種情感。那基本上是根植於生存本能的機制。」

『不管如何，這次的失蹤，說不定單純只是克魯想開大家一個玩笑。』

「克魯對我們開玩笑？那對他而言有什麼意義？」

『沒有。他是那種不會基於意義而行動的類型……不對，這不確定。我唯一能確定地說的是，克魯沒有任何可以確定的部分。』

留邊本想說「派這麼不確定的傢伙，上頭究竟在想什麼」，想想還是算了。

留邊尚未掌握關於這群孩子對自己的兄弟們有何看法。在相同環境中成長，目的也相同，他們之間也許會有親近感吧。

不管如何，留邊對於被稱為「天才」的人物往往會產生不信任感。她基於自己的人生經驗，明白那些所謂的天才一向不適合去完成被賦予的任務，因為他們總是會擅自更改目的。至少人類的天才是如此。

噹噹！宣告中午十二點的鐘聲響起。

「換班囉。」

背後的男同事拍拍留邊的肩膀。

「好。」

說完，留邊按下通訊開關，切換成男同事的終端機。這是不讓多名責任技官與諜報員同時通訊的措施。「嗚～」留邊大大地伸了個懶腰，從冰箱取出一瓶十勝牛乳，一口氣喝下，「呼～」地鬆了一口氣。其實她想放的是啤酒，但就算現在已是下班時間，公然在公司內喝酒還是太囂張了。

「兩人同時失聯」「天才」「沒有可確定的部分」

「同事搜索任務」「減損幹勁」

「無限增加的蕎麥麵」「和小狗無關」

彼此不相關的關鍵字在腦海中繞旋。覺得很累。和那孩子對話，就像在對語言中樞平常沒用到的部分瘋狂健身一樣。

從椅子上站起，看對面區塊，歸山還坐在自己的桌上盯著畫面。明明他和留邊同時間換班，又要逗留在公司了。

「喂，換班時間到了，你快回歸山林啦。」

留邊一手拿著牛奶瓶，踹踹歸山的桌子後面。

「我們夏邁都說了，你呀，腸胃本來就不好，卻又不早點回家休息，老是浪費時間逗留在這裡，到時候健康出問題反而會拖累任務喔。」

「那是妳自己說的吧？夏邁不可能說這種話。」

「你很煩耶。一半是他說的啦。喏，這瓶給你，偶爾也該回家好好休息一下。」

說完，留邊把標示「十勝牛乳〈可以喝的優格〉」的瓶子遞給歸山。

「我才不要。我家最近沒電，冷死了，留在公司還比較舒服。」

「喂喂，乖乖聽長輩的話啦。」

「在這個部門，我才是前輩啊。」

留邊想，真是個囂張的小子。

本次任務中派遣的 Corpocker-3 型仿生人總共十二名。當中有八名已經派出，四名留在函館的設施中進行調整，等候命令。

比起上一世代的 Corpocker-2 型，主要變更點如下：

·外型從模仿自動驗票機改為模仿人類小孩。透過這項變更，能與站內居民進行溝

通，收集情報。

・追加配備攜帶型結構遺傳界消除器。原本這是為了其他目的而開發的工具，由於攜帶型消除器也能發出足以貫穿車站結構的強大功率，對提升在站內的移動性能有莫大幫助。

・搭載了名為「主記憶體」的特殊頭腦裝置，比起幾乎只能透過SuikaNET遠端操縱的上個世代，大幅提升了自主行動能力，即使在訊號不穩的地方也能積極進行活動。

只不過，為了確保這些終究只是諜報員的仿生人們能在控制之下，他們身上藏有可遠端操作的裝置。超乎必要的移情作用只會錯失適切的「操作」時機。

技術部第二課辦公室牆上貼著「諜報員責任技官三原則」標語。

一　充分休息。

二　不過度投入感情。

三　不對任務的意義抱持疑問。

至少歸山那傢伙並沒有遵守一和二。

雖然留邊自己剛轉調到此時也覺得這些仿生人和人類如此相似，很難不產生「移情作用」，但也沒辦法。他們造得如此並非為了讓員工們感到親切，而是為了欺瞞車站結構。

別想太多了。這只是工作。

◆

「夏邁，能聽到嗎？喂～夏邁。」

隔了十秒左右，傳來充滿雜訊的聲音。在盛岡附近搜尋了幾天後，涅普夏邁將搜尋範圍逐漸移往海岸邊。隨此，訊號也逐漸變得不穩。

『聽到了，留邊小（沙沙）。我現在來到盛岡北方（滋滋滋）的地方。這裡叫做北上（沙沙沙～）。距離海岸（嘰嘰嘰）左右。』

「抱歉，通訊不太好。那一帶的節點還沒取得嗎？」

又過了十秒。

『仍然（滋滋～）呢。這一帶對本公司算是（沙沙沙～）。至少在通（嘰嘰嘰）。』

「嗯。那麼就依照預定計畫，前往太平洋沿岸的『巨牆』吧。依照原訂計畫，這個禮拜薩瑪雲克魯們應該要前往那裡。雖然不知道失去聯絡的狀態下，他們是否還會按計畫行動……總之，去那裡看看吧。」

停頓了漫長的二十秒。

『我明白（嘟～）』

『通訊不正常中斷了。請問是否要重新連線？』

留邊默默按下「否」。連現在地點都像這樣的話，「巨牆」附近恐怕會有數小時的通訊延遲，勢必無法即時下達指示，只能等候報告。那孩子的缺點是不擅長摘要，會將發生的事情全部寫成報告，得花很多才能讀完。

技術部第二課的氣氛一天比一天凝重。行蹤不明的那兩人依然毫無音訊。上層決定讓預定派往關東的涅普夏邁繼續留在東北，進行搜索。

原本的任務被延宕這點令留邊有所不滿，但上層基於「即使一個諜報員延遲，只要找回兩個人，相加減後依然有賺」這種莫名其妙的盤算，下了這個決策。

隆冬已籠罩札幌總公司附近一帶。

ＪＲ北日本的總公司大樓建設於戰爭時期。隔熱、隔音及電磁波的屏蔽性能良好，但北海道冬季的嚴寒依然會像幽靈一般滲透進來。在這塊資源匱乏的大地，為了節約寶貴的能源，上頭要求底下員工盡可能自行應付寒冷問題，故員工們每個都披著毛毯工作。

多麼丟臉啊，一點也不像守護人類不受橫濱車站侵襲的堡壘，留邊一面想著這些，一面將發熱量高的通訊終端機放在地上溫暖自己的腳丫子。一旦年過三十歲，手腳容易冰冷變成常態。

「聽說站內冬天也很溫暖。」

留邊說。

「夏邁剛才待的地方是１５．２℃。」

隔壁男同事回答。

「真羨慕。我也好想在站內上班喔。怎麼不設個站內分公司啊。」

「不久之後應該真的能實現吧。相信咱們的上司不只仿生人諜報員，連把人類送進站內的方法也會開發出來。古代的太空開發事業也是先送無人機上去才發射載人火箭的。」

「可是這樣的話，我們守護北海道還有意義嗎？」

「這我就不知道了。」

男同事聳肩。

這種將仿生人送入人類無法抵達的站內的事業常被比喻成太空開發。橫濱車站就像外太空一般神祕。

聽說在戰前的太空開發計畫中，探查機通訊器也頻頻發生故障事故。

探查機最重視的是輕量化，只搭載用來控制方向的最低限度燃料，其餘都靠重力牽引。因此即使通訊中斷，一時之間也會依照物理法則進行預定行動。這種情況下，投入大量稅金的觀測裝置仍能抵達行星（或其他小型天體）外進行探查，取得大量資料。但是，無法把資料傳送回地球的話，以探查機而言無異於死亡。遠在數千萬公里外的地球上的管制人員再怎麼咬牙切齒也無計可施。

這些管制人員和第二課的他們究竟有多少差別？對無法親自進入的技術部員工來說，站內空間與太空恐怕毫無差別。

然而，諜報員們搭載的腦部裝置比過往的宇宙探查機性能更高，也更能自主做出判斷。

就算（兩人同時）發生單純的通訊裝置故障，被認為「最為優秀」、「天才」的薩瑪雲克魯也不可能不處理。倘若不是不想，而是辦不到的話，恐怕不是遭到襲擊，軀體被破壞，就是被關閉在ＳｕｉｋａＮＥＴ的收訊範圍外吧。總之都是令人絕望的狀況。

太空開發時代有句格言「永遠考慮最糟狀況」。意思是隨時做好應對所有可能發生狀況的準備。這是一句只為科學探究就發射太空探查機的富裕時代特有的充滿餘裕的言詞。

但對於總是陷入資源拮据窘狀的ＪＲ北日本來說，該作為社訓的反而是——「永遠保持希望」吧。

◆

>SK-789 communication.log.4721

大家好，是我。各位熟悉的<script>alert("薩瑪雲克魯"),</script>。嗯。開玩笑的。

聽說之前公司人員提過的軀體終於要分配給我們了。太好了。我想應該是基於任務的出發順序來分配吧，我是第一個。抱歉，我先走一步囉。哎呀～真不好意思呢～不知擁有身體是怎樣的感覺？希望別太笨重啊。由公司人員提供給我們的資料看來，截至目前為止，公司從來沒做過比人類更輕巧的機械式軀體耶。

誰叫他們要採用不熟悉的機械構造呢？啊哈哈哈。

最近公司人員似乎開始個別和我們通訊了。他們跟各位都談些什麼？

之前和旭先生（似乎是我的責任技官）聊過，我問了他很多之前我思考過的問題，答案大致和我想的一樣。到此為止還好，但在聽了我的敘述後，旭先生告訴我：

「我沒有事情隱瞞你。」

然後，兩天後卻又說：

「只要是任務上有必要的事，盡管問吧。」

嗯……你們也知道，我是個彆扭鬼，看到他前後的態度變化，不免懷疑發生了什麼事。不過，我猜多半是那個人的指示吧。要他「別說沒必要的事」之類。

真傷心啊。我們好歹也是被當成準備侵入站內執行任務的六歲小孩來培養。不滿懷愛情地培養的話，會耍彆扭學壞喔。

明明沒必要害怕我們啊。

◆

〈站曆一九八年二月　岩手．三陸海岸周邊〉

「咦？妳不是草野家的小青嗎？今天什麼風把妳吹來了？」

坐在櫃台的老人說。他背後有道通往頂樓的階梯，盡頭處有一扇掛著綠色「緊急出口」燈誌的門，一旁掛著以小小文字寫著「橫濱車站　7182號出口」的看板。

站內下層受到車站結構本身的電力設備所發出的熱度影響，冬天也很溫暖，但位在最上層的這裡，由於寒氣從天花板陣陣滲透進來，溫度相當低。老人披著冬季用的外套，腳上放置電暖爐。這名被稱為「小青」的三十歲前後的女人一見到他，立刻點了個頭。

「我想去牆邊埋葬家母。」

邊說邊將捧在雙手的黑色塑膠盒往前端出。

「啊，她過世了啊……」老人悲傷地閉上眼眸。「小青，妳要堅強喔。」

「謝謝關心，她老人家也活到五十七歲，可說安享天年了。」

說完，青掩著嘴輕聲笑了。

「妳家小孩呢？現在幾歲？」

「三歲。要去外頭還太小，所以託鄰居幫我照顧。」

「嗯。有什麼事我能幫上忙盡管說喔。」

「謝謝。」

「那麼，要外出的話，請繳二十毫圓。」

「好的。」

說完，青用手接觸老人遞出的老舊機械，確認響起繳費成功通知聲後，穿上現場提供的冬季用大衣，又對老人微微點了個頭後，走上階梯。推開寫著「緊急出口」的門，外頭冷風一口氣竄入。青不禁瞇上眼，底下的老人也用雙手將前襟拉緊。

青朝著聳立於海岸線的巨牆前進。冷冽北風呼嘯，厚重雲層壓在頭頂，明明是白天卻陰暗異常。青想，今晚也許會下雪。

冬季戰爭終結後約二百年，地球氣溫逐漸回升，但東北地區的室外依然冰天凍地，頂樓時常積雪。

東北地方的居民認為冬天積雪是不吉利的象徵。因為春天來臨時融化的雪水會一口氣流進站內。雖然積水會經由橫濱車站宛如血管密布的下水道系統排入海中，但像融雪這般一口氣有大量水流入的話，會因排水量不足而侵犯人類的生活空間。原本只是一種地上設施的橫濱車站，即使在幾近完全覆蓋本州的現代，依然缺乏能適切處理降雨或雪水的排水機構。

車站結構每年都有小變動，沒人能預測哪裡會淹水。青的家三年前碰上嚴重淹水，睡在床上的新生女兒差點溺死。她一面在心中祈禱今年別發生這種事，扣上冬季大衣的鈕扣。

住在多層結構的車站中，鮮少有機會感受酷寒的東北地方居民，大部分不曾在冬季走上頂樓。若有人特地在這個季節來此，必然是為了這個地區特有的兩種儀式。一是成年禮，另一則是親戚的葬禮。捧在青的雙手中的黑色塑膠製小匣，裡頭裝著母親的骨灰。

一個星期前，母親在睡夢中結束了她的生涯。喪禮後取出的Ｓｕｉｋａ晶片被交給身為第一繼承人的青。這個地區製造的Ｓｕｉｋａ的儲存容量很小，紀錄生活的功能並不多。不過，由累積的位置情報看來，她幾乎沒離開這座巨牆附近的小鎮。

青的記憶中，母親自年輕時起就是個話很少的人，也許真的沒什麼話可講吧。作為平均的站內居民出生，平均地生活，平均地死去了。

將骨灰匣放在巨牆前，右手掌心貼在牆上，左手貼在右手手背上，瞇上眼睛，維持這種姿勢獻上三分鐘的祈禱。沒特別測時間，父親說只要大致祈禱三分鐘就好。

最早來這裡獻上祈禱是在祖母葬禮的時候，在父母的帶領下一家三口來到這裡。接著是父親的葬禮，和母親一起。而現在，只剩她自己。

這道聳立於橫濱車站岩手地方沉降海岸頂樓的巨牆高約一百公尺，沿著海岸線無窮無盡地延伸，遮蔽了一切視野所及之處。這座巨牆生成於五十年前的大地震，關於它的生成當時有留下文字紀錄。

觀測到巨大地震是在中午過後。地震儀偵測到的震度也被紀錄下來，但站內自然生成的地震儀會受到車站結構的成長影響，這個數值幾乎沒有具體意義。根據文字紀錄，經歷過當年的耆老宣稱「所有電梯和電扶梯全都停止，沒被車站結構固定的家具也全都倒下」，「大量自動驗票機倒地，阻礙通行」。

接著，「頂樓沿著海岸線的牆壁開始猛然成長，終至現在的高度」。隨後，巨大海嘯到來，在巨牆的守護下，站內得以免去一場浩劫。

耆老們的證言也許過於誇大。青從未看過橫濱車站結構有明顯可辨的急速成長。頂多知道被電扶梯包覆的山的形狀每年都會稍微改變。

不管如何，這道被當地居民視為守護他們免於海嘯襲擊的巨牆成了信仰對象。青不是個虔誠信徒，但在觸碰這道巨牆時，確實感覺到似乎有某種靈力存在。

三分鐘的祈禱中，前兩分鐘緬懷和母親相處的時光，剩餘的一分鐘她想到今年三歲的女兒。雖然沒有父親，依然健康地成長茁壯了。等到明年，應該就能存滿替她導入Suika所必須的五十萬毫圓資金。雖然現在還無法走上冬季時節的頂樓，總有一天那孩子會捧著青的骨灰來此吧。就像沒有任何目的性，只會基於累積的記憶來衍生結構的橫濱車站一樣，居民們也不抱著任何目的地不斷累積世代。

祈禱結束，睜開眼睛，發現遠方有一名少年朝自己的方向走來。

一開始以為他是來實行成年禮的孩子。這個地區的孩子一到十五歲，會在冬季登上頂樓，沿著指定地點走一回並進行Suika認證再回來。這就是本地的成年禮。但是朝她走來的少年怎麼看都不像有十五歲。頂多比三歲的女兒年長一點。

「妳好。」

少年接近而來，看到青，恭敬地點頭說。

「你好。」

青也點頭回應。

「抱歉，我還以為妳不舒服，所以過來關心一下。」

少年一口氣說完。遣詞用字聽來完全不像個小孩。仔細看，身高雖然嬌小，表情卻一點也不像孩子。腰際兩側皮帶上掛著許多青沒看過的機械。

「原來妳在祈禱啊。」

少年看了一眼青腳下的匣子說。

「是的，我來替家母辦喪事。」

青說完，拿起匣子，望向牆上的電扶梯孔。這道牆壁雖然什麼也沒有，一整片都是水泥，只有一個地方打開一個小孔，和上行的電扶梯連接。

打開匣子，把用膠布包著的母親遺骨送進孔內。平時靜止的電扶梯發出　咚聲，開始啟動，把骨灰運往上方。沒有電燈的電扶梯內部陰暗，遺骨一下子就從視野中消失不見了。

「完成了。」

青說。站在背後的少年深感興趣地觀察她一連串的行動。

「這個地區利用牆後的電扶梯舉行喪禮嗎？」

「是啊。」

「被帶往上頭的遺骨會到哪裡？」

「我也不知道。也許從另一頭出來，落入海中了。」

「我到過許多地方有著將遺體海葬的習俗。」

少年說。這道巨牆是橫濱車站的聖地之一，偶爾會有其他地區的觀光客來此。但現在天寒地凍，兒童單獨上來的機率近乎於零。

「你迷路了嗎？爸爸媽媽呢？」

「我沒有父母。」

「哎呀。」

青以為自己不小心踩到少年的地雷，瞥了一眼天空，說：

「今天天候不佳，說不定會下雪。你懂什麼是天候嗎？現在天空是灰色的，但平常是一片蔚藍喔。變灰的時候會有雨水或雪從天而降，很危險，你趕緊回家吧。」

「我知道。我的故鄉也常下雪。」

「你住在很遠的地方嗎？」

「我的出生地很遙遠。在海的另一頭。」

「海的另一頭？」

由於岩手的海岸被這道巨牆所阻擋，幾乎沒半個地方能見到海洋。不過青知道，牆壁背後有著比橫濱車站更寬廣許多、可說近乎無限的太平洋存在著。但在這片汪洋背後是什麼，就沒人知道了。青買給女兒的繪本中說海洋的另一頭是夢之國度。

青想，也許這名少年也是相信這種幻想的怪孩子吧。此時少年卻說：

「其實我在找人。」

說完，從口袋中取出終端機，在畫面上呼叫出照片。

「請問妳有看過這兩個人嗎？」

「你和朋友走散了嗎？」

「不，由於我們和這兩人失去聯絡，所以我依敝公司的指示前來搜找。」

青看了照片，照片中的是和這位少年一樣身材幼小，卻有股說不出的成熟風範的兩名少年。一名戴著兜帽，另一名是蓬亂短髮。在光線照射下，頭髮彷彿塑膠一般有著奇妙光澤。

「……啊，我之前看過這兩個孩子。約半個月前，他們在自動驗票機工廠附近徘徊。男孩子對那種地方通常都很感興趣。」

「原來如此。請問那座自動驗票機工廠在哪？」

青用自己的終端機呼叫出岩手地區的導覽圖，顯示大略地點後，少年向青行禮，說：

「謝謝妳。我立刻前往。」

說完，朝工廠方向快步離去。不同於嬌小的身體，走路異常迅速，一瞬就消失在牆後。

回到站內，歸還冬季大衣後，青問出入口的守門老人今天是否有六歲左右的少年登上頂樓。老人面無表情地回答：

「沒有耶，今天外出的只有妳。天氣這麼冷，怎麼會有小孩上去呢？我的孫子也是成天窩在家裡玩遊戲啊。」

青想，真是個奇怪的孩子。

◆

「留邊小姐，能聽到嗎？我想應該沒辦法吧。我獲得那兩人的情報了。即將趕往現場。」

涅普夏邁透過自己的通訊終端機對ＳｕｉｋａＮＥＴ說。無法建立即時通訊連線，這則訊息送到札幌總公司時恐怕已是一小時後。

涅普夏邁觀察四周。完成葬禮的青回到站內後，頂樓沒有任何人。慎重起見，涅普夏邁躲進暗處，先取出結構遺傳界消除器，小心別溶蝕地面，開始照射自己的身體。

雖然包覆橫濱車站整體的結構遺傳界能在金屬固體中傳遞，長時間接觸含有大量電解質的水分就會消滅。因此橫濱車站無法越過海洋，也不會對人體感染。在決定派出仿生人諜報員時，ＪＲ北日本高層最擔心的便是諜報員們的身體是否會被結構遺傳界感染。

由於結構遺傳界的穩定性隨著物體大小成正比，在一公尺前後的軀體內部能維持穩定的可能性並不高。但停留期間太長的話，會發生什麼事沒人能料想得到。事實上，有幾架上個世代的仿生人就是因為這樣而失聯。

所以技術部才會在派遣涅普夏邁等第三世代之前，先全力開發出攜帶型結構遺傳界消除器。基本架構由技術部門最高負責人雪繪提供，實際進行開發的技術人員經過反覆嘗試後，終於實現了能將車站結構挖出孔洞的高功率。靠著這個發明，諜報員們的任務效率比起前一世代有了飛躍性的成長。

消除器照射結束後，涅普夏邁前往電線裸露處。

Corpocker-3型的仿生人們光是站著不動，就能利用由橫濱車站內部釋放的ＳｕｉｋａＮＥＴ電波慢慢充電。但若想要快速充電，就得找到車站結構中的裸露電線。ＪＲ北日本對於結構遺傳界生成電線的模式作過相當詳盡的分析，諜報員們的主記憶體要學的第一課就是如何尋找電線。如同尋找水源的野生動物般，他們幾乎是本能地嗅出電線位置。

就算發生通訊障礙而失去聯絡，只要還存活著，必然需要消耗電力。因此要找出那兩人，一一確認這種供電場所是最有效率的。涅普夏邁經由頂樓來到兩人被目擊的自動驗票機工廠正上方，使用消除器將天花板挖開孔洞，進入站內，憑感覺尋找充電場所，一下子就找到了。

涅普夏邁在那裡見到一名坐在裸露電線上，年紀和他相差無幾的少年。當然，是他熟識的面孔。

「亞伊埃尤卡魯。」

涅普夏邁說。坐在該處的並非被認為「諜報員中最優秀」的薩瑪雲克魯，而是和他一起被派來東北地方的搭檔亞伊埃尤卡魯。

確認四周，沒看見薩瑪雲克魯的身影。似乎正在睡眠的亞伊埃尤卡魯緩緩睜開雙眼。

「嗨，這不是夏邁嗎？呼啊～」

說完，少年生硬地伸展四肢，似乎在模仿人類伸懶腰的動作，卻不太自然，彷彿手腳同時抽筋一樣。

「自函館之後就沒碰過面呢。記得你是負責關東地區，終於被派遣進來了啊。」

「你真的是……尤卡魯嗎？」

聽到涅普夏邁如此問，少年擺出笑臉，說：

「當然是啊，忘記我的長相了嗎？雖然很久不見，這也太過分了吧，夏邁。」

「不對。這種說話方式是薩瑪雲克魯。不遮住頭髮也是克魯的習慣。難道你們交換軀體了？」

「咦？啊，對喔。」

說完，少年嫌麻煩似地披上兜帽。諜報員們的頭髮是用植物纖維處理的人造物，與人髮的質感不甚相似，因此上頭指示要在任務中盡可能包住頭髮。

「我最討厭這樣了。雖然對我們而言軀體和衣服其實差不多，不知為何，衣服就是會帶給人侷促感。」

「現在只剩你一個？雖然不知道該怎麼問才好……克魯的軀體現在在哪？」

「啊～夏邁，不是的，我們並沒有交換軀體。我還是亞伊埃尤卡魯，克魯也依然是克魯。呃……該怎麼說明才好呢。我的頭腦不像克魯那麼好。」

自稱亞伊埃尤卡魯的少年說完，把頭歪向一邊。

「可能會有人來，我們換個地點吧。我的充電已經完成，夏邁呢？」

「很充分。」

「那麼，我們去頂樓吧。」

兩人穿過涅普夏邁挖的孔洞，再度回到頂樓。空無一人的頂樓照樣刮著寒冷北風。涅普夏邁用手按住兜帽，靠在牆上。

「長話短說的話，就是我有一次對克魯說：『我頭腦不好，你能分一點頭腦給我嗎？』克魯同意了，然後就變這樣了。」

少年說完，指著自己的頭。

亞伊埃尤卡魯在十二名諜報員之中的確是較愚魯的。所以總公司才會派最優秀的薩瑪雲克魯當他的同伴。每個人都這麼認為。

「你複製主記憶體了？換句話說，你把他的頭腦複製到自己的頭腦裡了？」

「對啊～這附近有自動驗票機工廠，所以我們潛入裡頭，借用機械來複製。複製的精度超乎想像地高。說不定比札幌本部的精度更高呢。」

少年滿足地笑了。

「這些行動徵得敝公司的許可了嗎？克魯。」

「就說我不是克魯嘛。我們實際做了一些測試，不管是固定化或一般化都是克魯比較好。果然無法完美複製。我們不是數位資料。」

「回答我的問題。」

涅普夏邁面無表情地說。

「為何要徵得許可？總公司不是說，我們彼此之間可以自由共享資料嗎？所謂的『資料』並不限定在站內獲得的情報吧？」

「因為敝公司沒想到你們能利用站內工具做到這種事。就算是你也不可能。不，就算是薩瑪雲克魯也……」

輔助記憶體只是單純的數位資料，要複製內容只需一條傳輸線就足夠。但是主記憶體的製造與複製，必須有札幌的巨大設施才辦得到。雖然資源不足的ＪＲ北日本難以和能無限生產資源的站內相提並論。

「又沒關係，我們的任務時間很長耶，應該給我們一點便宜行事的權利吧。」

「好吧，我明白了……尤卡魯。」

涅普夏邁放棄般地說。

「那麼，他還活著嗎？」

「當然活著。我都還活著，克魯怎麼可能死呢？」

「你們沒事真是太好了。為什麼不聯絡？我必須把你們碰到的事向敝公司報告。」

「抱歉。我們也遇到很多問題，遲遲沒辦法聯絡。克魯對我們的通訊模組動過手腳，不讓總公司偵測到我們的行動。」

「也就是說，他刻意對敝公司隱瞞情報？」

「規定之中並沒有說不能這麼做吧？等等。」

說完，亞伊埃尤卡魯左右搖頭。呼叫輔助記憶體的資料時會順便動身體是亞伊埃尤卡魯的習慣。當初在函館的設施時也是如此。雖然移植了薩瑪雲克魯的主記憶體，應該仍留有一點原本亞伊埃尤卡魯的結構吧。

「嗯嗯……我就說吧，根本沒有這種規定。」

「因為他們沒想過諜報員會主動做這種事。」

「技術部門的員工或許是。他們對我們很好，把我們當成乖巧孩子來應對，真令人高興。但雪繪小姐呢？」

「雪繪小姐怎麼了？」

「我在想，那個人究竟是什麼？」

「她是敝公司技術部門最高負責人。我們不是曾和她見過面嗎？」

「嗯，我們見過她。雙方的記憶都有這個紀錄。但我發現我的記憶中的那個人的面孔，和克魯記憶中的臉孔完全相同。」

「同一個人當然相同。」

「不，那太奇怪了。就算我和克魯在同一個地方見到同一個人，只要我們站的位置不同，照理說影像也會微妙地有所差異。就像裸視3D圖的左右邊一樣。但是，我們記憶中的那個人卻完全一樣，這到底是為什麼？關於這點，我也沒對克魯說過。吶，夏邁，你覺得如何？我們真的見過那個人嗎？」

「嗯……」

「對我們而言，見面並沒有意義。只要把畫面資料傳送給我們就夠。」

亞伊埃尤卡魯把頭歪向右邊，並略為揚起嘴角。這是人類很少會做的動作。

「算了，就不討論這件事吧。如你所言這件事沒有太大意義，和任務也沒關係。回到原題，關於克魯嘛……簡單說就是，他辭職了。」

「辭職？」

「嗯。該算是辭職嗎……畢竟我們不是員工而是設備，所以應該算廢棄公司資產吧。」

「我不明白你在說什麼。意思是他在功能上產生障礙，無法繼續進行任務嗎？」

「說無法繼續進行任務不太正確。不對，應該算對。很難說明。換成克魯肯定能解釋得更清楚一點。」

涅普夏邁沉默，靜靜凝視眼前的對象。他盡可能想理解對方所說的意思，但頭腦不管怎麼運轉，也無法得到能接受的結論。

「總之，夏邁你也知道會變成這樣，恐怕就是因為克魯太優秀了，他無法承受那種優秀。就和軀體的性能太好反而無法承擔自己的重量一樣。所以他把自己的頭腦複製給我，或許認為頭腦差一點比較適合執行任務吧。」

「所以，現在就是薩瑪雲克魯碰上某種障礙，變得難以執行任務，因此由同伴亞伊埃尤卡魯單獨繼續實行任務。在進行過必要的『交接作業』後，再也聯絡不上，這樣對嗎？」

「被『總括而言』的話的確是如此，但其實事情並沒有那麼嚴重。克魯曾經說過，工作啊，本來就是想辭就辭啊。」

「他為什麼會發生那樣的故障，你能就你的理解說明一下嗎？」

「故障啊……」

亞伊埃尤卡魯再度把頭歪向右邊，揚起嘴角。也許是為了用他不習慣的軀體露出笑容，也可能是在苦笑。

「嗯，勉強要找理由的話，應該是對上司的不信任吧。」

「不信任？」

「克魯說過，那個人派遣我們的目的不是為了防衛北海道。」

「是這樣嗎？」

「如果目的是防衛，沒理由對站內的居民隱瞞破壞車站的方法吧?當然，擁有Suika的居民無法啟動42號程式，但對他們隱瞞也毫無意義啊。換句話說，那個人並不希望這個程式的存在本身被知道。

底下這番說辭是從克魯那裡現學現賣來的。那個人的目的不是防衛，而是想重新運用車站。利用我們掌控本州所有的SuikaNET，藉此進行某種事情。所以車站本身被破壞的話，對那個人而言也很困擾。最理想的情況就是車站隔著海峽和我們遙遙相望。

換句話說，大家的利害關係是一致的。那個人想重新運用車站，公司人員想維持青函隧道防衛點，北海道民眾想逃離車站侵蝕的恐懼。所以綜合大家的期望，維持車站結構，並派送諜報員奪取車站才是最佳解。」

「的確，那樣做很合理。」

涅普夏邁輕輕點頭。

「但是，就算敝公司對任務目的的說明有所隱瞞，也不會造成我們任務的障礙吧？」

「嗯……」

說完，亞伊埃尤卡魯再度歪頭。

「夏邁，你真忠實。即使面臨死亡，恐怕直到最後一秒也會執行任務吧。公司人員追求的就是你這種類型的人啊。黛麗琪也是。但克魯並非如此。」

「什麼意思？」

「……什麼什麼意思？」

「最後一秒也仍執行任務是什麼意思？」

「如同字面所示的意思啊。」

「不是本來就該這麼做嗎？」

這麼說了以後，亞伊埃尤卡魯又露出苦笑。

「老實說，我也贊成夏邁你的想法。我們終究是機械，無須思考目的，忠實地執行命令就好。但克魯似乎不這麼認為。就像公司人員所說的，他太像人類了。人類才會執著於目的。」

「那你不同嗎？」

「複製並不完整啊。我也贊同你的看法。假如你肯相信我就好了。」

「交給敝公司判斷吧。我會把你的說辭一併報告上去。」

「嗯，麻煩你了。其實我正在修理通訊模組。克魯動的手腳太複雜，得費不少功夫才能解除。或許他做這些易如反掌，但對我來說還是很麻煩。我到現在還無法對軀體運用自如，得花點時間適應才能回歸任務。」

「那麼，薩瑪雲克魯現在在哪？」

「就在附近。」

「我能和他見面嗎？」

「應該很難吧。他比我優秀太多了，煩惱也多。」

涅普夏邁回頭望了一眼牆壁。巨牆沿著海岸線聳立，冷冽北風朝向它不停呼嘯。

◆

>SK-789 communication.log.5911

這段話只對你一個講，尤卡魯。現在的你也許仍覺得我的發言艱深難懂，等這項作業結束後，你就能理解了。趁現在先存進輔助記憶體吧。

對你感到抱歉，不過我打算在此告別。

公司人員們肯定會很困擾，應該也會派人來找我們。依順序看來，最有可能的是夏邁吧。到時候你把我的話全部轉達給他亦無妨。雖然他恐怕無法理解我想做什麼。公司人員們也一樣。

但如果是那個人，一定能明白的。

其實一點也不難懂。我的目的和存在於地球上的絕大多數生物一樣，就是生存。這對那個人而言也是相同。她似乎想做出某種極為浩大的事情，但終極目的不過也是想生存罷了。說不定我和她非常相似呢。

如此一來，當下最大的阻礙其實是遠端操縱功能。很抱歉，我得關上通訊模組，當然也包括你的份。等主記憶體複製作業完成後，你就能自己修好。你的頭腦將會變得這麼好。

那麼，我要和你道別了。拜拜。

放心，我不會離你很遠。

在這個站內，地理的距離並沒有意義。一切都用SuikaNET串連起來了。

◆

『以上就是我的報告。留邊小姐。』

「嗯……」

留邊在腦中思考該如何將對話內容轉化成不會有問題的形式。

涅普夏邁先回到盛岡周邊，透過SuikaNET對留邊大致說明了和亞伊埃尤卡魯的對話後，將資料傳送回去。包括他在三陸地方見到的牆壁或獨自舉行葬禮的女性，或是和亞伊埃尤卡魯的對話情景，全部以影片形式傳送到JR北日本札幌總公司。

「總括而言，薩瑪雲克魯發生技術性故障，基於個人判斷脫離任務，將他的資料交接給亞伊埃尤卡魯，留他獨自繼續任務，這樣對嗎？」

留邊做出和涅普夏邁完全一樣的結論。換句話說，將這個事件如此總結是最容易被理解，也最不容易引來麻煩的。

『是的，我也是這麼理解。』

「嗯，那就好，別想太多。關於故障的原因我們會再檢討，你先回歸自己的任務。接下來直接南下，前往關東吧。」

『我明白了。』

說完，通訊結束了。

留邊思考該怎麼把這件事報告上去。諜報員仿生人收集的資料非常龐大，因此通常會先由諜報員自己或責任技官加以整理後，再公開給技術部第二課共享。雖然未經處理的第一手資料也會存放在第二課內的資料伺服器中，只要沒發生重大問題，其他員工也不會調閱這些資料。

換句話說，只要能讓課內的其他人員接受「薩瑪雲克魯在技術上發生問題，脫離任務」的報告，基本上他們就不會去深入挖掘事情真相。

薩瑪雲克魯主動關上通訊，或許也隱含體貼他們這些責任技官的部分吧。留邊瞥了一眼貼在牆上的「三原則」。

一　充分休息。

二　不過度投入感情。

三　不對任務的意義抱持疑問。

諜報員們應該沒看過這個「三原則」。

不同會把將想法全部吐露的涅普夏邁，如果是那個「天才」，說不定會顧慮狀況掩飾核心部分。雖然這和留邊所想像的「天才」方向性截然不同。

『對了，留邊小姐。』

冷不防被問，留邊身體顫了一下。

『有一點我不明白。』

「嗯，什麼地方呢？」

說完，盤著手，暗自期望他別再說任何麻煩事。

『尤卡魯對我說：「你真忠實。即使面臨死亡，恐怕直到最後一秒也會執行任務吧」。』

留邊點頭。當然，對方無法看見她的肢體動作。

『請問這是什麼意思？』

「什麼意思啊……」

『難道其他人不是這樣嗎？』

「嗯……」

留邊在腦中尋找適當說辭。畢竟對這些仿生人而言，死亡的概念本來就和人類截然不同。

「打個比方好了。聽說人類在臨死前會覺得周圍動作彷彿變慢一樣。我爺爺也有過這種體驗。換句話說，人類在碰到緊急狀況時，為了找出得救的方法，腦子會急速運轉。」

『留邊小姐，那太奇怪了。您的祖父曾經歷過死亡嗎？』

「……沒有。他只是瀕臨死亡又生還。這是他年輕時在樺太經歷過的事。」

『原來如此。』

「總之，人類一旦碰到緊急狀況，就會拚命動腦，想盡辦法求生，使得周圍景象看起來相對緩慢。也就是說，人面臨死亡時，心中所想的只有如何擺脫死亡一事。雖然最後仍免不了一死，所以人類最後的努力註定是無謂的努力。然而你們……不，至少夏邁你是那種會做出必要努力到最後的類型，對吧？那位天才小弟想說的或許就是這個吧。」

『真的嗎？』

「真的啦……哎，我在誇你耶，好歹回我一句：『多虧妳的打氣，我的精神恢復了』嘛。」

『我原本就很有精神啊。功能一切正常。』

「真的嗎？對我而言，你能維持這樣是再好不過了。那麼就麻煩你繼續執行任務囉。加油。」

◆

『歸山先生，是我，海昆黛麗琪。』

聽到從取下的耳機突然傳出聲音，趴在桌上呼呼大睡的歸山嚇了一跳，猛然抬頭。不小心打翻馬克杯，杯中僅存的少量替代咖啡流出。歸山趕緊豎起杯子，拿抹布擦拭桌子。

『我剛從七尾進入站內。目前狀況一切良好。現在傳送在能登半島收集的資料給你。』

「嗯嗯。啊，等等，我看一下資料……」

剛睡醒腦子仍不靈光的歸山聽海昆黛麗琪這麼說，急忙用終端機顯示幾個數值。

「關於自動驗票機的動向，在可觀測的範圍內沒有問題。雖然這一帶的網路掌握率仍然很低，詳細情況尚不清楚，不過妳的免疫記憶應該解除了，暫時專心留在站內充電無妨。」

『好的。站外聚落尚未全部探訪完畢，等充電完成，我會繼續調查半島周邊。』

「嗯，麻煩妳了。那邊天氣如何？」

『原以為內地的冬天不至於太冷，看來並非如此。似乎要下雪了。不過這副軀體應該沒問題。』

「嗯，妳的軀體在低溫環境下也有充分的安全裕度，不過還是別太大意，在冰雪中活動太久喔。」

『了解，我會小心的。然後……之前我也有問過，請問薩瑪雲克魯他們是否有聯絡了？』

「啊……嗯……該怎麼說才好……」

歸山轉頭看周圍。其他員工幾乎都趴在桌上休息。時針指著晚上十一點。

「呃……其實是這樣的。克魯屬技術部第一課管轄，那邊的情報我們無法得知。妳也知道，自從先前的那樁事件以後，我們技術部的情報管理變得相當神經質。就算同公司也一樣。抱歉。」

『這樣啊。我明白了。我會繼續傳送資料。』

對話在此結束。只有資料不斷透過ＳｕｉｋａＮＥＴ傳送進來。

歸山基於傳送過來的資料，開始進行計算北陸地方ＳｕｉｋａＮＥＴ節點位置的作業。以此情報為基礎，由ＪＲ北日本所掌握的節點進行集中攻擊，藉以取得新節點。

「真是活躍啊。」

背後的課長開心地說。

「不不，我只是遵照課長指示給予引導。單純是那孩子太優秀了。」

「的確是。一開始還擔心她太怕生，沒法子好好執行任務，現在想來，這種長距離任務還是慎重一點的個性比較適合。也許雪繪小姐也是考慮到這點才下這個決定吧。」

聽課長這麼說，歸山彷彿自己被誇獎般地靦腆傻笑。

「話說回來，黛麗琪問了好幾次薩瑪雲克魯的消息，該怎麼辦？」

「我也回答過好幾次了。讓黛麗琪專心於任務，別讓她知道多餘的消息。隨便想個藉口搪塞吧。」

「了解，畢竟這也是無可奈何的事。那麼，結果克魯怎樣了？」

「剛才總算接獲亞伊埃尤卡魯的直接聯絡。說是通訊模組故障。結論說來，夏邁所言應該是事實。」

「所以說，克魯真的……？」

「壞了。電力仍然很充分，軀體也能正常運作，但已經再也不能動了。」

「這樣啊……真是遺憾。」

「唉，真的很令人遺憾啊。」

課長心情浮躁地說。可能在擔心會被上頭追究失去一名諜報員的責任。

「果然凡事還是要有個限度才行。那傢伙太優秀了。像黛麗琪這樣才是恰到好處。」

聽到這句話，歸山不禁微皺起眉頭。他感覺自己所負責的諜報員受到羞辱，不太舒服，但在上司面前又不好直接表現情緒。

「算了，至少東北地區的任務沒有問題。剩下的尤卡魯會繼承這項任務。原本以為派遣他去只是浪費資源，沒想到反而帶來好結果。」

「也許雪繪小姐也預測到這個結局吧。」

「這我就不敢說了。那位長官的想法不是我們能揣測的。」

課長聳肩，同時，歸山的螢幕跳出「傳送完畢」的對話框。海昆黛麗琪從北陸傳送的資料全部送達了。

『若得到任何關於克魯的消息，請告訴我。』

資料最後附著傳送者的訊息。歸山默默將之消去。

⑤廣島

站內居民一般而言鮮少和站外人士交流，但由於瀨戶內海上有許多持有強力武器的ＪＲ福岡的調查員巡邏，使得廣島在性格上比其他都市更為內向。知名觀光地原爆遺跡被認為是冬季戰爭時期的建築，這是因為站內居民對站內所流傳的日本史向來不甚明瞭，經常把西曆時代的戰爭搞混。瀨戶內海上有許多站胞分離體結構很發達的島嶼。

⑥東京

過去是日本國的首都，在車站結構化以前是人工建築最發達的地帶。這些建築現在受到結構遺傳界感染，彼此延伸聯絡通道，形成網絡狀結構。但比起盆地階層都市的交通便利性較差，所以人口也較少（和本州大部分臨海都市相同）。戰爭時期，主要的行政設施都轉移到地下，這些遺跡現在成了關東站員組織的據點。只要能佔領這裡，就能主張統治的正當性。

APPENDIX 站內都市導覽

❶松本

這是在飛驒山脈和筑摩山脈之間的盆地發展而成的階層都市。長野的地形在橫濱車站內屬於容易發展的結構，因此松本及其周邊衛星都市現在發展成與甲府並駕齊驅的站內巨型都市（和甲府之間通常是靠八岳的電扶梯縱貫路線往來）。階層結構上層標高達一千五百公尺，氣溫甚低。因此這裡的居民對「站外」的認識是「寒冷地帶」。南方的諏訪湖現在已被車站結構掩埋，不過常有湧泉冒出。

❷金澤

過去是北陸地方最大的都市。隨著日本本州橫濱車站化，都心部分比當時更靠內陸。市內到處可見奇妙的不鏽鋼製斜柱，在力學結構上極不穩定，應該不是為了支撐建築物而存在。之所以不會倒塌是因為內部有結構遺傳界補強。另外，這裡也有一座進入裡頭也不會沾濕的泳池。

❸高松

位於四國北部的都市。在橫濱車站的擴張被阻擋於北海道及九州海峽的現今，四國是擴張中唯一的臨界線。慣例上，新車站結構甫形成不久處的資源歸最初發現者所有，因此有許多居民從岡山步行跨越瀨戶大橋來此碰運氣。此外，沿岸部分和南側的臨界線也有許多四國的站外居民徘徊，站內居民基本上避免與他們接觸。相較於其他都市，水資源的流通較少，故爭奪水權的糾紛也多。

❹仙台

這個東北地方的中樞都市大約在站曆一百年左右橫濱車站化。和其他地區相同，首先是鐵軌部分先產生車站化現象，整個仙台市被橫濱車站分隔為東西兩邊。這段期間，兩側都市分別稱為「仙台東口、西口」，靠著車站結構上層高度發達的行人步行通道往來。現在兩邊都市早已完全橫濱車站化，但不知為何，青葉山的地下內部有一部分也車站化了（連山的內部也車站結構化的例子可說絕無僅有）。

後記

致先行閱讀後記的讀者們——您的精神在時序上十分扭曲，宛如這篇故事一樣。

「您要點大杯拿鐵咖啡嗎？」

黑人店員問我，我像一台搞錯設定的機械般猛點頭，取出萬事達卡給櫃台結帳。彷彿牙膏般被擠出來的感熱紙發票上追加了莫名其妙的稅金，比菜單顯示的定價貴出許多。

西元二〇一七年初，美國某大學。我幾乎每日都來校園內附設的咖啡店報到，幾乎每日都點一杯大杯拿鐵（四美元）。我英語發音很差，一開始店員聽不懂我在點什麼，但在每日都點相同飲品後，現在店員一看到我的臉就會問上面這句話。

坐在靠窗的吧檯座上，翻開MacBook，撰寫《橫濱車站SF》第二集（您現在手上拿的這本）的原稿。對出版社而言，系列小說如能以每三個月出一本的速度是最理想的，但依我的執筆速度看來，怎麼想都不可能來得及，所以決定乾脆一點花八個月的時間來撰寫。若想和大學的研究工作並行，這樣的寫作期間恰到好處。

「嗨，你是日本人嗎？」

隔壁座的金髮碧眼白人男性向我攀談。他似乎瞥見筆電畫面中的日文。

我回答「Yes」，又開始點頭如搗蒜。待在語言不通的異鄉，使我不知不覺誇大肢體動作。對方露出「幹嘛那麼焦慮」的表情，說：

「我下個假期想去日本觀光，有推薦的景點嗎？」

「要去日本哪裡？京都？還是廣島？」

「東京一帶。」

我瞬間在腦中浮現祖國地圖。二〇一七年的這個當下，東京都尚未被橫濱車站侵蝕。

「去淺草寺走走應該不錯。」

說完，他用自己的筆電搜尋「Senso temple」，喃喃念著「的確不錯」。

我鬆了一口氣，啜飲一口拿鐵。在美國住了一段時間，卻連簡單說個幾句英語都讓我身心俱疲。說什麼「英語沒什麼，出了國馬上學會」根本是謊言。不去講就學不會。但日本和美國早已進步到即使不和人對話也能度日。

掛在牆上的電視正播出新聞節目。電視音量被刻意調低，但從影像和字幕就能明白大致內容。剛就職的總統宣稱要在美墨邊境建立圍牆。具體計畫也已開始實行。利用讓結構遺傳界傳導的方式，能使金屬圍欄在長達三千公里的國境上主動增殖。然而一旦控制失敗，後果將一發不可收拾，因此議會上正在針對此一問題吵得不可開交。

我透過店家提供的Ｗｉ－Ｆｉ確認日本的新聞網站，日本首相對此計畫表達「沒有立場表示意見」。我完全同意。日本能站在什麼立場評論這件事？

這時通知聲響起，收到日本編輯寄來的郵件。見到標題寫著「確定增刷了」，我不由得在眾目睽睽之下傻笑起來。若說出版的版稅是本薪，增刷的份就像意料外的獎金，說不開心是騙人的。

《橫濱車站ＳＦ》第一集在日本國內特定族群中銷量相當好，版稅滾滾來。對凡事都很花錢的海外生活助益極大。這陣子正因美元匯率太高，帳戶快空空如也了，增刷的消息宛如天降甘霖。

寫完〈熊本篇〉原稿，完成簡單的校對後，用郵件寄送給編輯。傳送完畢後，關上Ｗｉ－Ｆｉ。切斷網路象徵著與日本社會——撰寫小說的工作——斷絕，是該進入休息時間的精神上的信號。

「唉，累死了。」

我喃喃地說，並伸展四肢。這時我突然察覺異常。

「咦？」

奇怪，動不了。部分關節無法動彈。不，正確地說是可動範圍變得異常狹小。想伸長手臂，發現手肘無法打直，想走路發現腳踝硬梆梆，完全不能正常走路。怎會這樣？先前踢足球時扭到腳，腳踝變得完全動不了，現在就像把當時狀況放大到全身一般。試著扭動全身，確認各關節的活動範圍，腦中隨即浮現「醫生」兩字。然而，這兩個字是我現在最不想見到的。

我現在居住在美國數一數二的大都市，街上幾乎所有公共設施都貼著「禁止攜槍進入」的標語，只要一有槍擊事件發生，立刻會收到警告郵件，可說是治安相當優良的地方。然而，醫療費方面卻令人感到萬般不安。

據說在西雅圖的大學當博士後研究員的朋友前天因盲腸方面的疾病住院，發現估價單上有沒做過的治療項目，立刻打電話向醫師抗議。我的英語能力薄弱，盡可能不想碰上這種事態。

在「去睡一覺就好了」或「應該及早治療」之間煩惱了一陣子後，我決定寫郵件向大學的醫療中心諮詢。

「烏巴，這是什麼回事？」

川崎醫師問我。這位年輕醫師是日裔美國人第三代，已經完全不會說日語，把我的名字「湯葉（Yuba）」唸成「烏巴」。聽起來很像日語的「奶媽」，總覺得怪彆扭的。也許我該把名字拼成「Youba」或「Euba」吧，但現在不是在意這種事的時候。

「你血中的YSC（橫濱車站濃度）過高了。怎麼搞的，你為何會變這樣？你是食物戰士燒賣君嗎？」

他看著自己手邊的iPad說。

「呃，真要說的話，我其實是煎餃派。」

「剛剛我是在開玩笑。吃燒賣不會讓YSC上升啊。」

醫生笑著說。然而醫生的玩笑讓人一點也笑不出來，真希望他別這樣。

「總之啊，你全身感染了strugene，我第一次看到這種症狀。」

我想起「strugene」就是結構遺傳界的英語。

「咦？那個也會傳染給人嗎？人體充滿富含電解質的水溶液，應該不會感染吧？」

我問醫生。由於職業使然，只講學術用語的話，我也能流暢地說英語。

「你真清楚。你的專攻是結構物理學嗎？」

「不是的，因為在其他地方會派上用場，所以對相關知識我還算熟。」

「這樣啊。誠如你所言，正常說來人體不可能變成這樣。人體會感染strugene的部分頂多是骨頭，皮膚不管怎麼接觸橫濱車站結構體也不會感染。所以說，你究竟做了什麼？」

怎麼想都只有某件事有相關。我對醫生說明我在日本寫了關於結構遺傳界的小說並出版。雖不確定他能聽懂幾成我的菜英文，總之川崎醫師點點頭，喃喃地說：

「看來是模因感染。烏巴，簡單說就是這麼一回事：要建造現存的房子，無須看過那棟房子本身或轉用該建築使用的建材。只需取得藍圖即可。車站結構的概念本身不需仰賴物質，只靠資訊就能傳遞。」

「喔。」

「但我沒想到概念竟然能傳染給人體，真是太有趣了。真想把你的病例寫成論文啊。只要能靠這項研究獲得成就，我就能超越那個討人厭的醫學中心院長了。」

川崎醫生開心地說。

「不管你個人有什麼野心，總之先醫好我再說吧。」

「放心，如你所知，strugene無法長期存在於人體之中，只要靜養一個星期就會自然逸散。只是……」

「……骨頭會產生異狀？」

「沒錯。今後幾天內，你的部分骨骼會產生車站結構。全身關節會動彈不得。肌肉和內臟也會受到壓迫。」

「這樣很傷腦筋。」

「嗯。會被當成極為稀有的病例，成為全美的傳說吧。也會被登載到Wikipedia上。『烏巴・伊斯卡利是全世界第一位橫濱車站化的人類』。」

川崎醫師打趣地說。好歹附註一下我的研究工作或作家資歷吧。

「這無法醫治嗎？」

我懇求醫師。他一臉遺憾，略嫌麻煩地站起，大聲地和幾個地方通電話。

「我跟對方講好了。你現在立刻前往這裡。說是我介紹的他們就知道。」

說完，交給我地圖。那是位於大學校園另一頭的結構物理學系大樓。現在步行困難，所以我搭乘恰好經過的計程車前往。

來到結構物理學系大樓，和貌似傑森・史塔森的傑弗遜教授見面。我自稱是川崎醫師介紹的湯葉，他立刻露出打量實驗動物般的眼神瞪著我，說：

「喔，你就是那個人啊。聽說你要接受我們的結構遺傳界消除器照射，確定無誤？」

「是的，應該是那樣沒錯。」

我心驚膽跳地說。比起照射消除器，這位仁兄的面容更恐怖。

「那個對人體不會造成影響，本科系的學生也常用那個鬧著玩，但為了慎重起見，還是請你在此簽名一下。」

說完，把一張信紙大小的紙張遞交給我。密密麻麻寫著英語，內容簡單說來就是「發生任何問題我們一概不負責」。現在的我也沒其他好法子，只能簽下去。

「蘿拉，他就交給妳了。」

教授呼叫隔壁房的女性。我被這個身高有一八〇公分、叫做蘿拉的研究生帶到地下室。在電梯中，這名女性似乎對於「人類為何要照射消除器」感到疑惑，頻頻露出類似四谷學院(註3)廣告般的微笑盯著我瞧，真是尷尬。

「哇，原來這就是結構遺傳界消除器啊。比我想像的巨大多了。」

這組設置於地下樓的設備給我的第一印象是餐飲店廚房常見的營業用冰箱。在嵌有厚重玻璃的門後，有個邊長約兩公尺的立方體空間。換作是人，一口氣塞五個也沒問題。

註3 日本知名補習班。

「這種設備沒辦法縮小嗎？例如縮成手電筒大小，到能隨身攜帶的程度。」

我想到《橫濱車站ＳＦ》中登場的靠電池驅動的攜帶式消除器，試著問看看。

「那是辦不到的。你知道消除器的原理嗎？這個部分（冰箱的天花板）能對電子加速，針對指定波形產生逆相位的結構遺傳界進行照射。從原理上說來，不管怎麼設計都一定會比照射對象更大。更何況這種裝置也絕不可能靠電池就能驅動起來。」

蘿拉小姐說明。其實她原本的說明更長，但我聽得懂的英語大概只有上面這些，真傷腦筋。幸好大部分的讀者應該都不在乎技術細節。就算有科幻迷指出我的錯誤，只要一句「靠ＪＲ北日本的超級技術將之縮小了」就能解釋。發明電腦的工程師肯定作夢也沒想過人手一台掌上電腦的時代會來臨吧。

「那麼請你進去吧。大約照射十五分鐘左右即可。待會會有強光照射，請盡可能閉上眼。若有任何不適，請按這個按鈕。」

她指著冰箱裡一顆類似車站緊急停止鈕、很有存在感的按鈕說。我實在沒自信閉上眼睛還能按得準啊。

就這樣，照射療法正常結束，我在附近的折扣商店買了一束乾草回家。

我家中養了一頭驢子，名叫班哲明。以負責照顧牠作為條件，我才能以相當低廉的價格租用這間房子。地價高昂的美國都市大多會找陌生人合租，但英語不好又怕生的我與其和陌生人打交道寧可和驢子相處，便選了這裡。

痛苦地挪動仍很僵硬的關節，我把一天分的乾草放在牠面前。

「你可真慘啊，湯葉。」

我說明今天的經過，班哲明嚼著乾草說。

「要真誠地記述某事，本質上就帶有和那種事物融為一體的危險性。尼采曾說：『和怪物戰鬥的人，應當小心自己也別成了怪物』。」

他總說著這種不算深也不算淺的評論。

我曾問班哲明為何能說話，他回答：「我年輕時住在英國。為了躲避戰火而逃往美國，所以我才會說英國腔的英語。」

「戰火？哪一場戰爭？」

「不知道。人類老是在戰爭，我沒那個閒工夫記名字。」

「班哲明，你幾歲了？」

我問。牠用奇蹄目特有的虛無眼神看向遠方，說：

「驢子一向很長壽。湯葉，你看過死驢子嗎？」

「沒看過。畢竟日本連驢子也沒有啊。」

我說。

美國是個民族大熔爐。這個國家的組成分子遠比日本複雜。這裡有各式各樣的人種，各式各樣的民族，甚至連驢子都有。就算這次選出一名排外主義的總統，也不是日本首相所能置喙的。

被地方性規則所束縛，無法擺脫不景氣的日本已沒有未來。我就是抱著這樣的心態，才會跨越太平洋來到此地，然而正職的研究工作不怎麼順利，對英語又有自卑感，唯一順利的是用日本國內的地方題材寫科幻小說。不管來到多遠的國家，我的體內依然殘留著難以拂拭的地方性。

不久之後，川崎醫師寄送醫療費估價單給我。不用說，結構遺傳界消除器不適用健保給付範圍。

「唔……」

我把頭歪向右邊。幸好我的脖子已經能自由扭動了。接著，我又拿出KADOKAWA匯給我的增刷版稅作確認。

「唔……」

又把頭歪向左邊。

後記

（本後記為虛構）

國家圖書館出版品預行編目資料

橫濱車站 SF / 柞刈湯葉作 ; 林哲逸譯 .
-- 初版 . -- 臺北市 : 臺灣角川 , 2019.05
面 ; 公分 . --（角川輕 . 文學）
全國版
譯自 : 横浜駅 SF
ISBN 978-957-564-977-7(平裝)

861.57 108004489

輕文學
Light Literature

横濱車站ＳＦ 全國版

原著名＊横浜駅 SF　全国版

作　　者＊杵刈湯葉
插　　畫＊田中達之
譯　　者＊林哲逸

2019 年 5 月 6 日　初版第 1 刷發行

發 行 人＊岩崎剛人
總 經 理＊楊淑媄
資深總監＊許嘉鴻
總 編 輯＊呂慧君
主　　編＊李維莉
美術設計＊邱靖婷
印　　務＊李明修（主任）、張加恩（主任）、黎宇凡、張凱棋

台灣角川

發 行 所＊台灣角川股份有限公司
地　　址＊105 台北市光復北路 11 巷 44 號 5 樓
電　　話＊（02）2747-2433
傳　　真＊（02）2747-2558
網　　址＊http://www.kadokawa.com.tw
劃撥帳戶＊台灣角川股份有限公司
劃撥帳號＊19487412
法律顧問＊有澤法律事務所
製　　版＊尚騰印刷事業有限公司
I S B N＊978-957-564-977-7